KB129435

식스팩

이재문 장편소설

|주|자음과모음

차례

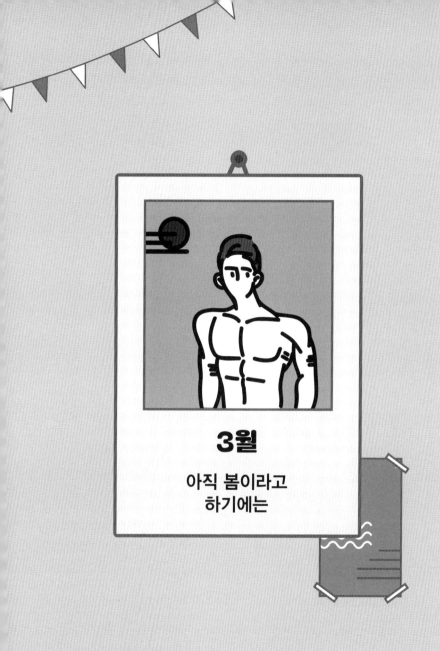

3월

아직 봄이라고
하기에는

　메시나 호날두는 축구의 신이다. 그들은 축구를 좋아하는 나라에서, 축구에 막대한 돈을 들이는 시대에 태어났다. 그들의 다리는 수십억 달러의 가치가 있다.

　그림 그리는 실력을 타고난 사람도 있다. 피카소는 눈 코 입이 뒤죽박죽 섞인 그림으로 떼돈을 벌었다. 아이돌은 어떤가. 조선시대에는 춤추고 노래하는 일을 천하게 여겼다고 한다. 요즘은? 대세 중의 대세다.

　반면 시대를 잘못 타고나서 자신의 재능을 인정받지 못한 이도 있다. 반 고흐나 이중섭 같은 미술가는 사후에나 빛을 보았으니까.

　누구나 타고난 재능은 있기 마련이다. 쓸모없는 재능은 없다. 다만 때를 만나지 못하면 아무리 뛰어난 재능도 사장되기 십상이다.

그렇다면 나는? 내 재능은 뭘까?

효재가 말했다.

"너는 리코더를 잘 부니까."

리코더? 그래, 나는 리코더를 잘 분다. 다만 때를 만나지 못했을 뿐.

"그러니까 리코더부를 계속 유지하고 싶겠지. 근데 나는 이제 그만하고 싶다."

효재는 나와 같은 미래초등학교 출신으로 6학년 때는 리코더부 부장까지 해 먹은 녀석이다. 그런 녀석이 이런 약해 빠진 소리나 하다니.

"너도 잘 불잖아, 리코더."

효재가 한숨을 쉬었다.

"아, 물론 나도 잘 불지. 그런데……."

눈치를 보던 효재가 어색하게 웃으며 말했다.

"난 소질이 없나 봐. 한계를 느꼈어. 나는 리코더랑 안 맞아."

나도 모르게 코웃음이 나왔다. 언제는 자신이야말로 리코더를 위해 태어났다고 하더니.

아침부터 서둘러 동아리실에 들렀다. 효재가 할 말이 있다고 해서였다. 저 추울까 봐 따뜻한 캔 코코아까지 사 왔더니. 말짱 헛일이다. 그러니 좋은 소리가 나올 리 있나.

"장난하냐?"

"너 그렇게 눈 뜨니까 되게 무섭다. 뭐가 그렇게 심각해? 고작 리코더야."

딱. 효재는 내가 준 캔 코코아를 따서 마셨다. 잘 먹겠다는 소리도 하지 않고. 화가 날 수밖에 없는 상황이다.

"고작 리코더라고?"

효재는 코코아를 호로록 마시더니 뭘 그리 정색을 하냐는 듯 작게 웃었다.

"에이, 진짜 왜 그래?"

왜 그러냐고 묻고 싶은 사람은 나였다. 나는 효재의 변심을 도무지 이해할 수 없었다.

"리코더야말로 완벽한 악기다. 리코더는 중세 시대부터 널리 애용돼 온 악기로 처음엔 나무로 제작되었다고 한다. 그 종류도 무척 다양하여 악기의 크기에 따라 여러 음역대를 넘나들 수 있다. 가격도 비교적 저렴하고 연주법도 간단하여 접근성이 뛰어나다. 현재 리코더는 누구나 쉽게 접할 수 있는 국민 악기로 자리매김하였다."

토씨 하나 틀리지 않았을 것이다. 5년 전 초등학교 리코더부 부장 선거에서 효재는 이렇게 말했다. 나는 아직까지도 그 대사를 똑똑히 기억한다. 그러나 효재는 하나도 기억하지 못하는 모양이었다.

"와, 어떻게 그런 걸 다 알고 있냐?"

효재의 감탄했다는 표정. 어이가 없었다.

"네가 한 말이잖아. 초등학교 때 리코더부장 선거에서 네가 한 말이라고."

"아……."

효재는 멋쩍은 듯 피식 웃었다.

"내가 그런 말을 했다고? 몰랐네. 아마 인터넷에서 긁었을 거야."

나는 어금니를 꽉 깨물었다. 인터넷에서 긁었든 말든 나는 그 이후 리코더에 대해 좀 더 자세히 연구하게 되었다. 왜냐고? 효재의 그 대사에 밀려 부장 선거에서 떨어졌으니까.

리코더를 사랑한다면서. 리코더를 위해 몸을 불태울 수도 있다고 했으면서. 나는 리코더를 잘 몰랐다. 그저 불 줄만 알았지 언제 리코더가 만들어졌는지, 리코더가 왜 위대한 악기인지, 리코더를 왜 불어야 하는지, 나는 아무것도 알지 못했다. 그래서 공부하고 또 공부했다.

그리고 4년이 지난 작년, 고등학교 입학 후 가장 먼저 한 일이 리코더부 창설이었다. 나는 명맥이 끊겼던 미래고 리코더부 제 37기를 부활시켰고 리코더부의 부장이 되었다.

의기투합하자는 내 말에 미래초 리코더부 출신 친구들이 하나둘 모였다. 그렇게 나를 포함해 열한 명의 부원이 모였고, 미래고 리코더부는 찬란했던 영광을 되찾는 줄 알았다.

그런데 어떻게 이럴 수가 있지? 10년이 지났나, 100년이 지났나?

조선시대처럼 500년 역사를 자랑하자는 것도 아니었다. 고작 1년만이었다. 고2가 되었다는 핑계로, 이제 공부에 전념해야겠다는 핑계로, 학기 초가 되자마자 아이들은 하나둘 리코더부를 그만두겠다고 알려 왔다.

그 마지막 탈퇴 인원이 바로 효재였다. 효재만큼은 남아 주리라 믿었는데.

"아무튼 미안하게 됐다. 그리고 이건⋯⋯."

효재는 불끈 쥔 내 주먹을 억지로 펴더니 리코더를 쥐어 주었다.

"내 리코더는 너한테 맡길게. 나한테는 필요 없을 것 같다."

그 말을 끝으로 효재는 짧고 영혼 없는 미소만 남긴 채 발길을 돌렸다. 나는 부들부들 떨리는 손으로 그 리코더를 꼬옥 쥐었다.

"아, 근데 대한아."

동아리실을 나서던 효재는 할 말이 남았는지 나를 돌아보았다.

"응?"

혹시 이 모든 상황이 장난이었다고 말할 생각인가? 그럼 난 어떻게 반응하지? 재밌는 농담이었다며 웃고 말까? 아니면 어떻게 그런 장난을 칠 수 있느냐며 화를 낼까? 나는 침을 꿀꺽 삼켰다.

"너도 이제 그만하는 게 낫지 않을까? 고등학생이 리코더 부는 거⋯⋯ 솔직히 좀 쪽팔리잖아."

쪼, 쪽팔린다고?

효재는 콧잔등을 찡그리고 고개를 저으며 말했다.

"사실 리코더는 초딩들이나 부는 거잖아. 기타나 드럼이면 또 모를까. 아우, 리코더는 아니다."

효재의 시선은 리코더를 향해 있었다.

"……뭐?"

순간 머릿속이 하얘졌다. 아무 생각도 할 수 없었고, 눈에 보이는 것도 없었으며, 물에 빠진 것처럼 귀가 먹먹했다.

누구나 타고난 재능은 있기 마련이다. 다만 때를 잘 만나야 한다. 그것이 축구든 그림이든 리코더든 간에.

확실히, 나는 아직 때를 만나지 못했다.

리코더를 언제부터 좋아했냐고 물으면 딱히 할 말은 없다. 나역시 언제부터 리코더를 좋아했는지 모르기 때문이다.

보통은 초등학교 저학년 때 리코더를 접하게 되면서라고 대답할것이다. 하지만 나는 초등학교 들어갈 때 이미 리코더를 불 줄 알았다. 초등학교 입학식 날 담임선생님은 리코더 좀 그만 불고 줄똑바로 서라며 나를 혼냈다. 그래도 나는 계속 리코더를 불었다.

선생님은 내 작은 손에서 리코더를 빼앗기에 이르렀다. 그러고는 나중에 마치고 돌려준다고 하셨지만, 나는 울며불며 돌려 달라고 떼를 썼다. 결국 선생님은 나를 이기지 못하고 리코더를 돌려주셨다. 이후 나는 종일 리코더만 삐삐 불었다. 다시는 뺏기지 않을 거라고 다짐하는 것처럼.

그래도 내 리코더 실력이 형편없지는 않았던 모양이다. 선생님은 그 후로 두어 번 나를 불러내 친구들 앞에서 리코더 연주를 시켰다. 나는 땀을 뻘뻘 흘리며 〈반짝반짝 작은 별〉과 〈곰 세 마리〉를 연주했고.

지금이야 〈캐논〉이라든가 〈운명〉 같은 클래식부터 최신곡까지 모두 섭렵했으나, 그때는 연주할 줄 아는 게 그게 다였다. 어쨌거나 그 후로 나는 아이들의 요청으로 종종 즉석 공연을 벌이곤 했다. 아이들은 형들이나 누나들이 부는 리코더를 1학년짜리가 불자 부러운 눈으로 바라보았다.

그런데 이제는 그 눈빛이 조금 변한 것 같다. 효재가 쪽팔리다고 한 이유를 실은 나도 알고 있다. 리코더를 불고 있을 때 우리를 바라보는 사람들의 차가운 시선. 축제 때나 동아리 시간에 야외 공연이라도 할라치면 야유와 함께 같잖다는 눈길을 던지고 가는 놈들이 꼭 있다. 그래, 나도 그 시선이 달갑지 않다.

"그렇다고 헌신짝처럼 리코더를 던져 버리다니."

도무지 화가 풀리지 않았다. 효재 녀석의 변심에 울분을 토하며 끓어오르는 마음을 진정시키고 있는데.

"꺄아아아아아아."

옆 교실에서 마치 고라니가 차에 치이는 듯한 소리가 들려왔다. 여자 반인데 난리가 난 모양이었다. 이유야 뻔했다.

우리 학교는 재학생들을 모델로 한 학교 달력을 매년 제작하여

학생들에게도 나눠 준다. 올해는 조금 늦게 나왔다면서 선생님이 직접 학교 달력을 한 부씩 나눠 주셨다. 집에 가서 보라고 했는데 말 안 듣는 녀석부터 차례로 봉투를 개봉했다. 봉투는 도미노처럼 뜯겨 나가기 시작했다. 여자애들도 선생님 말을 귓등으로 흘려보내고 달력을 개봉했겠지.

그 소리를 듣고 창가에 모여 있는 아이들 몇몇이 낄낄거렸다.

"난리 났네."

"정빈이가 좀 쩔지. 훈훈한 외모에 몸매 되지, 성격까지. 공부는 뭐……."

"괜찮아. 공부는 뭐……."

공부, 놈들은 딱 거기서 머뭇댔다. 정빈은 공부까지는 섭렵하지 못했으니 신이 공평하다는 말을 일정 부분은 인정해야겠다.

낄낄대는 녀석들은 죄다 같은 동아리 소속이다. '철인 스포츠부'인지 뭔지 하는 운동 동아리인데 쇳덩이를 들었다 놨다, 커다란 상자 위를 올라갔다 내려갔다, 철봉에 매달렸다 뛰어넘었다 하는 동아리였다.

그 동아리 부장이 최정빈이다. 아이들에게 둘러싸인 채 건방진 웃음을 띠고 있는 저 밥맛없는 녀석 말이다. 훈훈한 외모는 개뿔. 눈만 쭉 찢어진 게 밋밋한 밀가루 반죽 같구만.

"야, 정빈아. 죽인다, 죽여."

도엽이 달력을 치켜들며 감탄했다. 언제부터 정빈, 정빈 했다고.

도엽이 저 녀석은 작년까지만 해도 나와 함께 리코더부 재건에 힘을 쏟던 녀석인데, 제일 먼저 배신을 했다. 리코더는 여자애들 앞에서 폼이 안 난단다, 자기는 이제부터 근육을 만들어 연애에 힘을 쏟겠다며 리코더를 버렸다.

"6월의 모델 최정빈. 이야, 이 식스팩 봐라. 여자애들이 쩔쩔매며 좋아하는 이유가 이건가?"

도엽은 정빈의 배를 만지려 들었고 정빈은 낄낄거리며 웃기만 할 뿐 싫다 소리는 하지 않았다.

식스팩. 우리말로 복근. 참 나, 그게 뭐라고. 그냥 배에 있는 단백질 덩어리일 뿐이지. 형이 그랬다. 살 빼면 나오는 게 복근이라고. 복근은 지방에 가려져서 그렇지 누구나 가지고 있다고.

한마디로 나도 그 식스팩, 있다는 말씀이다. 나는 입술을 실룩거리며 달력 봉투를 뜯었다. 이상하게 6월로 손이 먼저 갔다. 6월 모델은 웃통을 벗어 젖힌 채 멋있는 척을 하고 있는 최정빈이다. 이게 뭐가 좋다고 그 난리인지.

"꺄아아아아."

또 한 번 옆 반에서 시끄러운 소리가 들려왔다. 이번에는 아마도 이것 때문이겠지. 6월 셋째 주에 있는 체육대회 주간. 전통 있는 미래고는 유수 대학 진학률은 높지 않아도 체육대회 하나만은 인근 학교에서도 구경 올 정도로 소문나 있었다.

무려 50년의 전통을 자랑하는 미래고 체육대회는 3일간 열리는

데 그중에서도 특히 마지막 날 치러지는 철인3종경기가 단연 백미다.

철인3종경기의 우승자가 다음 해 달력 6월의 모델이 된다. 이것이 우리 학교 체육대회의 전통이다. 그리고 작년, 유력한 우승 후보자였던 고3 선배를 제치고 철인3종경기의 우승자가 된 사람. 바로 저 녀석, 당시 1학년 신입생이었던 최정빈이다.

그때는 정말 센세이션이 일었다. 체대 입시를 준비하던 만능 체육인 선배가 이제 갓 고등학생이 된 하룻강아지한테 밀렸으니 그럴 만도 했다. 그 때문에 올해 체육대회 역시 정빈의 독무대가 될 것이라 모두들 예상하고 있었다. 오매불망 체육대회만 기다리는 정빈의 팬클럽들은 달력에 별표 백 개는 그리고 있을 것이다.

뭐, 어차피 나에게는 딴 나라 잔치였다. 아쉽지만 나는 체육에 재능이 없다. 사고로 인해 쪼그라든 오른쪽 다리 때문인가도 생각해 봤지만 그건 아니었다. 그냥 재능이 없다. 공을 차면 엉뚱한 데로 날아갔다. 쳐도 엉뚱한 데로 날아갔다. 심지어는 던져도 엉뚱한 데로 날아갔다.

아이들은 호들갑을 떨며 최정빈을 띄우느라 바빴다. 최정빈은 여전히 말이 없었고. 아이들의 찬양을 즐기는 거겠지. 꼴 보기가 싫어 신경질적으로 달력을 책상 서랍에 던져 넣고 교실을 나왔다. 아무래도 올해는 틀린 모양이다.

＊＊＊

수업을 마치고 곧장 별관 2층 동아리실로 갔다. 나는 하루도 빠짐없이 동아리실에 들른다. 부원이라고는 달랑 나 혼자 남았으니 동아리실을 쓸고 닦고 하는 일은 모두 내 몫이다.

게다가 이제 곧 동아리 홍보 기간이 다가온다. 3월 초, 새로운 부원을 뽑기 위해서 동아리 홍보물도 만들고 포스터도 그려야 한다. 할 일이 태산이다.

별관에 들어서서 2층으로 올라가려는데 위에서 인기척이 들려왔다. 꽤나 시끄러웠다. 무언가를 옮기는지 힘쓰는 소리와 함께 물건 끄는 소리도 났다.

"오른쪽 들어, 오른쪽을 들라고! 쓰러지잖아. 바닥에 다 끌린다."

허도엽의 목소리임을 단박에 알아챌 수 있었다.

저 자식들 대체 무슨 작당을 하는 거야? 나는 서둘러 계단을 올랐다. 체구가 좋은 몇몇 남녀 학생들이 쇳덩이며 타이어며 운동기구 등을 옮기느라 정신이 없었다.

쇳덩이들이 바닥 찍는 소음을 만들어 내고, 큰 덩치들이 이리저리 다니며 복도를 난장판으로 만들고 있었다. 문제는 까짓 소음이 아니었다. 지금 저들이 향하는 장소가 가장 큰 문제였다. 녀석들은 쇳덩이들을 리코더부 동아리실로 옮기고 있었다.

"뭐 하는 거야?"

나는 언성을 높이며 도엽에게 다가갔다. 도엽이 거대한 쇳덩어리를 나르고 있었다. 나는 그것을 신경질적으로 잡아당겼다.

"야, 야. 안 돼. 다쳐. 다친다고!"

도엽이 비명을 질렀다. 나는 씩씩거리며 도엽을 노려보았다.

"치워."

낑낑대며 물건을 바닥에 내려놓은 도엽이 허리를 툭툭 두드리며 나를 힐끔 보았다.

"아이 또 왜 그러실까, 우리 대한이가."

능글맞게 웃는 도엽의 얼굴이 보기 싫었다.

"말해."

"응? 뭘?"

도엽은 자꾸 스트레칭을 하며 딴청을 부렸다. 순간 열이 확 뻗쳤다.

"저 쇳덩어리를 왜 우리 동아리실로 옮기고 있냐고."

내 목소리가 복도에 쩌렁쩌렁 울렸다.

"귀청 떨어지는 줄 알았네."

도엽은 놀란 표정으로 귀를 문지르면서도 또 금세 싱글벙글 웃었다. 난 저 웃음이 싫다. 자기가 불리해질 때면 녀석은 항상 그 표정을 지었다.

"그게 말이지. 혹시 못 들었어? 난 네가 다 알고 있는 줄 알았는데."

"나는 이따위 쇳덩이 주문한 적 없는데. 우리 리코더부는 이런 거 필요 없어."

"이거 말이지? 이거?"

도엽이 내가 가리킨 쇳덩이 위에 앉더니 손잡이를 잡고 앞으로 힘차게 밀었다 당겼다 했다.

"벤치프레스 머신이야. 초보자를 위한 가슴근육 운동기구라고. 이거 협찬받느라 얼마나 고생했는데."

"나는 공원에 있는 벤치 말고는 몰라."

도엽이 웃음기를 거두었다.

"미안해, 대한아. 얘들아, 짐 옮겨."

도엽의 말에 아이들이 다시 쇳덩이를 나르기 시작했다. 이것들이 진짜.

"당장, 멈춰어어어어!"

약 5초간 함성을 내질렀다. 내 함성이 쓸고 간 복도는 정전된 공장처럼 움직임을 멈췄다.

"너희들 웃긴다. 여긴 리코더부 동아리실이라고. 누가 내 허락도 없이 이따위 걸 갖다 놓으라고 했어?"

도엽이 깊은 한숨을 내쉬었다.

"난 또. 얘기 다 된 줄 알았는데……. 어쩐지 쉽게 간다 했다."

도엽은 다시 사람 좋은 얼굴을 하고 내 손을 잡았다.

"대한아."

"안 봐? 배신자 얘기는 듣고 싶지 않아."

"배신자라니. 나한테만 너무 그러지 마. 다른 애들도 공부한다 뭐 한다 다 떠났잖아."

그때 아래쪽에서 휘파람 소리가 들려왔다. 누군가 2층으로 올라오고 있었다. 계단을 하나 오를 때마다 끙끙대는 소리가 났고, 곧이어 잠시 끊어졌던 휘파람 소리가 이어졌다. 무거운 물건이 계단에 텅텅 부딪쳤다. 그렇게 몇 번을 반복했을까. 소리의 주인이 정체를 드러냈다.

"왜들 그러고 있어? 벌써 다 옮긴 거야?"

정빈은 한 손에는 커다란 화분을, 다른 한 손에는 삽과 물뿌리개가 든 봉지를 들고 있었다.

"왔어?"

도엽은 정빈에게 다가가더니 나를 힐끔대며 수군거리기 시작했다. 또 무슨 작당을 하려고? 어림없지. 나는 팔짱을 끼고 놈들을 노려보았다. 정빈은 눈썹을 들썩이기도 하고 "뭐?" 하는 의문 표현도 써 가며 도엽이 하는 말을 들었다.

그러더니 갑자기 팔을 벌리며 내게 다가왔다. 뭐야? 뭘 어쩌라는 거야? 나는 잔뜩 경계하며 주먹을 가슴 앞으로 내밀었다. 여차하면 한 대 갈길 생각이었다. 형이 그랬다. 나보다 강한 상대에게는 선빵이 유리하다고.

그러나 정빈의 다음 행동은 내가 예상했던 것과 달라도 너무 달랐다.

"진짜 미안하다. 깜빡하고 말을 못 했네."

정빈은 자신의 실수가 재밌는 농담이라도 되는 양 웃으며 내 어깨에 팔을 둘렀다.

"미리 말했어야 하는데. 이번 일은 내가 사과할 테니까……."

놈의 말이 끝나기도 전에 그 팔을 밀어냈다. 변명은 듣기 싫었다. 나는 놈들이 늘어놓은 쇳덩이들을 가리키며 짧고 단호하게 못 박았다.

"치워."

처음에는 좀 난감해하는 듯한 정빈. 그러나 녀석은 얼마 지나지 않아 본색을 드러냈다.

"이거 어쩌지. 안 되겠는데."

위협적인 표정이었다. 그럼 그렇지. 웬일로 친한 척을 하기에 의아했다. 나도 지지 않고 목소리를 높였다.

"안 된다니? 여긴 내 구역이야. 우리 연습실이라고."

나는 동아리실 출입문에 붙은 명패를 가리켰다.

"아니."

정빈이 말했다.

"이제 바뀔 거야."

정빈은 도엽에게 가방을 좀 갖다 달라고 했다. 도엽이 가방을 건네자 정빈은 지퍼를 열고 문패 하나를 꺼내 들었다. 문패에는

'철인 스포츠부 훈련실'이라고 쓰여 있었다. 낌새가 심상치 않았다. 저 녀석이 저걸 왜?

다음 순간 나는 눈을 의심했다. 정빈이 리코더부 문패를 뜯으려고 하는 게 아닌가. 급히 정빈의 손을 붙잡으며 소리쳤다.

"뭐 하는 거야!"

그러나 정빈은 가뿐히 내 손을 뿌리치더니 종이 찢듯 리코더부 문패를 뜯어 버렸다. 플라스틱 으스러지는 소리와 함께 파편이 내 얼굴에 튀었다.

"너, 진짜……."

화가 머리끝까지 났다. 그런데 이상하게 입 밖으로는 아무 소리도 나오지 않았다. 그저 눈시울이 뜨거워질 뿐이었다.

"너무 그렇게 보지 마. 이렇게 해야 확실히 정을 떼지."

정빈은 다른 손에 든 문패를 붙이며 말했다.

"물론 화가 나는 건 이해해. 나도 말 못 한 건 미안하게 생각한다니까? 그치만 우리 애들한테 소리 지르고 그러는 거, 난 싫거든."

문패를 다 붙인 정빈이 몸에 힘을 주며 날렵하고 단단한 근육을 자랑했다. 위협하는 거야, 뭐야? 한마디 하려는데 도엽이 내 손을 끌어당겼다.

"대한아. 정빈이 화나면 무서워. 그냥 넘어가 줄 때 넘어가."

나는 선심 쓰듯 말하는 도엽을 노려보았다.

"난 안 무서워."

"그냥 넘어가자, 대한아. 내 얼굴을 봐서라도."

"네 얼굴 봐서 더 못 넘어가겠다. 그 배신자 낯짝 어디다가 들이밀어?"

그때, 정빈이 입을 열었다.

"강대한. 이제 좀 그만하지?"

녀석은 나지막한 목소리로 욕설을 뱉으며 말했다.

"동아리 선생님이 여기 쓰라고 하셨어. 리코더부 없어졌다며? 빈 교실 우리가 쓰겠다는데 왜 난리야?"

"뭐?"

처음 듣는 황당한 이야기에 내 표정은 뒤틀릴 대로 뒤틀렸다.

"리코더부가 없어져? 누가 그래?"

"누구긴. 선생님이 그러셨어. 리코더부, 인원 싹 빠졌다며?"

"아니야. 빠지긴 누가 다 빠져!"

차마 혼자 남았다는 말은 하지 못했다. 어쨌든 리코더부는 건재했다. 부장인 내가 있는 한은 절대 해체될 리 없었다.

"부원 없으면 없어진 거나 마찬가지지."

누군가 불난 집에 부채질을 했다.

"아니라니까!"

도엽이 나를 안타까운 눈으로 바라보았다.

"대한아, 이제 그만하자. 솔직히, 남은 거 이제 너 혼자잖아. 혼자서 뭘 어떡하려고."

혼자서 뭘 어떡하냐고? 어떻게 부활시킨 리코더부인데. 나 혼자만 남겨 두고 다 떠나고는 이제 와서 혼자 뭘 어떡하냐고?

"무슨 일이 있어도, 리코더부는 절대로 해체 안 해."

동아리실 문을 손바닥으로 내리쳤다. 쾅 소리가 복도에 울렸다.

"여긴, 죽어도, 리코더부, 동아리실이야."

나는 눈에 힘을 주고 놈들을 하나하나 똑바로 쳐다보았다.

"짐 빼야 할 테니까 넣지 말고 기다려. 두 번 일하지 말고."

정빈의 표정이 일그러졌다.

　내밀한 대화를 나누기 위해서는 협소한 공간이 필요한 걸까? 공간의 크기와 대화의 내용 사이에는 어떤 상관관계가 존재할까? 심리학자와 건축학도나 던질 법한 질문을 떠올리며 나는 선생님의 말을 귓등으로 흘려보냈다.

　"대한아, 네 말은 잘 알겠는데 그래도 리코더부를 계속 유지하기는 어렵지 않을까?"

　학교 측의 말도 안 되는 결정에 항의하기 위해 동아리 담당 선생님을 찾았다. 선생님은 '동아리 창설과 해체에 관한 학칙 제3조 2항'을 언급하는 나를 이곳 좁디좁은 상담실로 데려왔다.

　그 학칙에 의하면 동아리 해체는 해당 부의 총회를 열어 재적 인원의 과반, 참석 인원의 '3분의 2'의 동의를 얻어 결정할 수 있다.

현재 리코더부 재적 인원은 나 혼자 있으니까 한 명. 회의를 연다면 나는 무조건 참석할 거니까 참석 인원 한 명. 그렇다면 결국 리코더부 해체 안건은 백 퍼센트 부결이 날 사안이다.

"저는 학칙에 따를 뿐입니다. 총회를 아무리 열어도 결과는 같을 거예요."

"글쎄다."

선생님은 고개를 살짝 비틀며 턱을 긁적이더니 내 뒤에 우르르 몰려와 있는 스포츠부 덩치들을 보았다.

"너희 생각은 어떠냐? 리코더부는 동아리실을 계속 쓰겠다는데."

순간 짜증이 확 올라왔다. 선생님들은 툭하면 이런 식이다. 자신이 결정 내리기 힘든 문제를 민주주의라는 미명하에 학생더러 결정하라고 떠넘긴다.

이것은 폭력이다. 지금처럼 다수와 소수의 대결 상황에서는 더욱 그렇다. 소수에 대한 다수의 만행을 선생님이 부추기고 있는 것이다. 권력을 받았으면 권력자답게 현명한 결정을 내려 줘야지. 어떻게 우둔한 다수에게 결정하라고 말할 수 있는가?

가관인 것은 이 염치없는 놈들이 그걸 또 넙죽 받아먹으려 든다는 것이다.

"저희야 뭐. 리코더부가 유명무실하니까……."

도엽이 우물거렸다. 나는 신경질을 내며 도엽을 보았다.

"유명무실하긴. 부장이 이렇게 두 눈 시퍼렇게 뜨고 살아 있는데. 학칙대로 해, 학칙대로."

선생님은 계속 학생 자치와 민주주의 타령을 했다.

"학칙이야 뭐. 동아리 부장들끼리 모여서 개정 논의를 해 봐도 되는 건데……. 솔직히 이런 상황은 나도 처음이라 뭐라고 말을 못 하겠다. 부원이 한 명이라니. 애초에 한 명 가지고는 창설이 안 되잖아."

선생님 말에 놈들이 고개를 끄덕였다. 이것 봐라. 이게 무슨 민주주의고 학생 자치냐. 민주주의가 중우정치로 전락할 수 있다는 위험성은 중학교 때 이미 배웠다. 이러니까 열사들이 나타나는 것이다. 목숨을 걸고서라도 지켜야 할 원칙이 있으니까 말이다. 몰아가기식 해체 결정에 따를 수는 없었다.

"창설하겠다는 게 아닙니다. 이미 있는 동아리를 계속 운영하겠다는 겁니다."

"그러니까."

잠자코 있던 정빈이 입을 열었다.

"해체에 관한 학칙도 제정해야 해요. 몇 명 이상 인원 유지가 안 되면 없애는 걸로."

나는 곧장 반론을 폈다.

"동아리의 기본 정신을 잃으면 안 됩니다. 동아리는 학생들의 꿈과 끼를 키워 주기 위해 운영하는 교육활동이라고 하셨잖아요. 엄연한 정규 교육활동이라고요. 1인 1동아리를 외치던 선생님께서 이러시면 안 되죠. 어떤 동아리도, 몇 명이 모여도 괜찮다고 하지 않으셨습니까."

"물론 그렇지. 그런데 말이다. 나는 동아리를 학생들이 모여서 상호 작용하며 시너지를 발산하는, 그래서 더 높은 성취를 위한 모임이 되었으면 했지, 혼자서 사부작거리는 개인 취미 활동 시간으로는 좀……."

"개인 취미라니요. 리코더는 취미가 아니에요!"

나는 한 발짝도 물러설 생각이 없다는 의지를 담아 언성을 높였다.

"선생님, 저희도 동아리실 필요해요. 아시잖아요."

정빈도 물러설 생각은 없어 보였다. 우리가 팽팽히 맞서는 가운데, 선생님의 깊은 한숨이 이어졌다. 잠시 후, 결단이 선 듯 선생님이 나를 바라보았다.

"대한아, 미안하다. 없애는 걸로 하자."

"선생님!"

"그렇게 하자. 넌 그냥 교실에서 해도 되잖아."

"아니요, 안 없애요. 절대."

"그럼 어쩔 거야. 쟤들도 연습실이 필요한데 교실은 없고. 어디 하나는 빠져 줘야지. 네 마음은 잘 알겠는데, 어쩌겠니."

나는 고개를 저었다. 말도 안 돼. 어떻게 만든 리코더부인데. 열 명 이상 돼야 한다는 학칙을 지키기 위해 쉬는 시간마다 아이들을 찾아다녔다. 빈손으로 가면 안 될 것 같아 용돈을 털어 빵까지 사 들고 갔다. 고등학생이 무슨 리코더냐고 괄시도 받았다. 그래도 참 았다. 리코더의 진가를 모른다고 생각했으니까. 어떻게든 동아리 만 생기면 리코더의 아름다움을 모두가 알 수 있도록 만들겠다고 다짐했다. 교내 최고, 아니 국내 최고의 동아리로 키울 자신이 있 었다.

그런데 1년 만에 꿈이 와르르 무너졌다. 나만 빼고 모두가 탈퇴 했지만 이대로 끝내기는 싫었다. 이렇게 끝이 나면 나도 끝이 날 것 같으니까. 리코더는 내 전부나 마찬가지니까.

"계속 할 거라고요!"

참으려 했지만 눈물이 나올 것만 같아 탁자에 엎드렸다. 울지 않으려고 주먹으로 탁자를 내려쳤다. 당장 이 자리를 벗어나고 싶 은데 쪽팔려서 고개를 들 수가 없었다.

"이거 참……."

선생님의 한숨 소리에 이어 아이들의 볼멘소리가 들렸다.

"그럼 이렇게 하자. 대한이, 고개 좀 들어 봐."

손등으로 눈가를 훔치며 고개를 들었다.

"부원 모집이 얼마 안 남았지?"

선생님이 탁상 달력을 살펴보며 말했다.

"다음 주부터요."

도엽이 얼른 대답했다.

"좋아, 다음 주. 다음 주 모집 결과를 보고 얘기하자. 부원이 모집되면 리코더부는 계속 운영하는 걸로."

"선생님! 벌써 짐 다 옮겼다고요!"

선생님의 말에 정빈은 거칠게 항의했지만, 선생님의 굳은 표정을 보고 어쩔 수 없이 한 발 물러났다.

"……할 수 없죠."

문제는 나였다. 선생님이 넌 어떻게 생각하느냐는 눈으로 날 바라보았다.

선생님의 제안을 받아들일 것인가, 말 것인가. 리코더부를 없앤다니. 처음엔 말도 안 되는 소리라고만 생각했는데 상황을 보니 어떤 위기감 같은 게 느껴졌다. 사실 모집은 물론이고, 충원이 우선이었다. 나 혼자서는 아무래도 동아리 운영이 힘드니까.

"알았어요. 그렇게 할게요."

"그래."

선생님 표정이 밝아졌다.

"둘 다 동의한 거다?"

선생님이 만족한 듯 말하며 자리에서 일어났다.

"그럼 다음 주 결과 보고 다시 얘기하도록 하자. 강대한, 알지? 부원 모집 안 되면 그때는 너도 깔끔하게 물러서야 한다."

나는 고개만 주억거렸다. 빨리 이 자리를 뜨고 싶었다. 의자를 소리나게 끌며 일어섰다. 먼저 나가면 놈들이 날 도마 위에 올려

자근자근 씹어 대겠지만 마음대로 해라. 하루 이틀 일도 아니고. 나도 니들 욕 실컷 할 거니까. 뒤돌아볼 것도 없이 상담실을 빠져 나왔다.

* * *

'가족'이라는 단어를 사전에서 찾아본 적이 있다. 부부를 중심으로 한, 친족관계에 있는 사람들의 집단이며 혼인, 혈연, 입양 등으로 이루어진다고 써 있었다. 성에 차지 않는 설명이었다. 만약 나더러 사전을 쓰라고 하면 저렇게는 안 쓴다. 텔레비전에서 누가 우스갯소리로 하는 걸 본 적이 있다. 가족의 본뜻은 '가! 족 같으니까'의 준말이라고. 백 번 동의하는 바이다.

족은 물론 '발 족(足)' 자를 뜻한다. 다른 뜻으로 오해할 수 있겠지만 말리진 않겠다.

이렇게 말하면 내가 무슨 천애 고아라도 되는 줄 알겠지만 나는 부모, 형제 다 있는 지극히 평범한 가족의 일원이다. 그렇다고 나를 천인공노할 패륜아 취급은 하지 않았으면 한다. 솔직히 누구나 그럴 수 있지 않나? 가족이 ×같은 경우 말이다. 순화해서 표현하자면, 가족이 오늘 안에 풀어야 할 문제집 서른 장처럼 느껴진다거나 가족이 오히려 가슴에 드릴비트를 박는다거나, 뭐 이렇게 표현할 수 있겠지.

어쨌든 나는 가족이 싫다. 왜냐고? 글쎄, 누구나 말 못 할 사정이 있지 않은가. 별로 말하고 싶지는 않다.

"빨리 나와. 나와서 밥 먹어."

거실에 아버지의 목소리가 울려 퍼졌다. 나는 이불을 머리끝까지 끌어 올렸다. 지긋지긋한 아침 식사. 왜 가족 모두가 한데 모여 식사를 하려는 건지. 도무지 이해할 수 없었다. 예전에야 아버지가 소방관으로 일했으니 아침 아니면 함께 식사할 시간이 없어 그랬다고 치자. 지금은 그만둔 지 3년이 넘었다. 퇴직하고 닭집이나 하고 있으면서 아침부터 뭘 그렇게 서두르는지.

"아들, 일어나야 하지 않겠니? 학교 가야지이."

내 방문을 열고 아버지가 말했다. 말끝을 길게 늘이며 애교를 피우는, 이제 예순이 된 강상철 씨가 내 머리맡에 앉으려 했다. 기다릴 것도 없이 벌떡 일어났다. 시계는 오전 여섯 시를 가리키고 있었다. 밥 먹고 씻고 변기 앞에서 앞뒤 볼일 다 보고 청소에 설거지를 해도 등교 시간까지는 여유가 있을 것이다.

"아들, 오늘은……."

아버지가 또 말을 걸기에 방문을 벌컥 열고 나와 버렸다.

"일어났어?"

항상 소금을 많이 친다고 아버지에게 한 소리를 듣는 엄마가 달 걀프라이를 하면서 말했다. 올해로 쉰일곱 살의 성미선 씨다.

"담임선생님한테 연락 왔더라. 상담 신청서 안 냈다고."

상담은 무슨. 나는 상담 따위는 안 가도 된다는 대답 대신 이렇게 말했다.

"달걀 다 타는데요."

탄내가 솔솔 올라오자 엄마가 놀라 소리쳤다.

"어머 어머, 내 정신 좀 봐."

동시에 화장실에서는 어떤 야수의 되새김질 소리가 들려왔다. 우웨에에에, 우웨에에엑. 잠시 후 쏴 물 내려가는 소리. 화장실 문이 열렸다. 눈가가 퀭한 짐승 한 마리가 나를 보고 손을 들어 올렸다. 짐승의 정체는 나보다 여덟 살 많은 형이다.

이름 강주성. 특전사 출신에 대학은 중간에 때려치우고 소방 공무원 시험 준비를 해서 한 번에 합격했다. 운동으로 다져진 근육질 몸매처럼 뇌도 주름 없이 빵빵한 줄 알았는데 의외였다. 현재 인근 소방서에서 구조대로 근무 중인데 항상 일찍 출근한다. 그러니까 아침 식사가 빠른 이유는 순전히 형 때문이었다.

형이 인사해 왔다.

"동생, 오랜만이야."

나는 형을 지나쳐 화장실 문을 닫고 들어갔다. 매일같이 반복되는 지긋지긋한 아침. 소원이 있다면 하루라도 빨리 독립하는 것이다.

"싫다, 정말. 이놈의 집구석."

앞머리를 쓸어 넘겼다. 어젯밤 잠이 오지 않아 밤을 새웠더니 몰골이 엉망이다. 차가운 물로 세수를 하고 있는데 목청 큰 두 남자의 대화가 들렸다.

"술 좀 작작 마셔라. 소방관이라는 놈이 비번만 되면 술이야."

"아버지도 참. 아버지도 현역 시절 술 좀 드셨으면서."

"모르는 소리 마라. 나는 술 마실 때도 방화모는 쓰고 있었다. '5분 대기' 상태를 놓친 적이 없었어."

"아, 그럼 어떡해요. 장 선배가 애를 낳았다는데."

"그래? 장덕기 그놈이 애를 낳았어? 힘들었겠네. 출산의 고통이 보통이 아닐 텐데, 할 줄 알았냐? 와이프가 낳았지, 지가 낳았어? 그리고 애 낳았으면 곱게 들어가서 애기 똥 기저귀나 갈 것이지, 술은 무슨 술이야?"

"당신, 그만 좀 해. 술 좀 마실 수도 있는 거지. 그것보다 주성아, 속은 괜찮아?"

엄마가 형을 편들자 형은 콧소리를 내며 엄마에게 애교를 떨었다.

"역시 내 생각 해 주는 건 엄마뿐이야. 요새 소화가 잘 안 되네. 병원이라도 가 봐야 하나."

"술을 작작 처먹어야 낫지, 이 썩을 것아!"

그러면서 아버지는 덕기 형에게 기저귀라도 하나 사다 주라며 형에게 돈을 건네는 듯했다. 화장실에 이렇게 틀어박혀 있으면 바깥은 따뜻한 가족의 밥상머리 같다. 물론 내가 토핑되는 순간 냉동 음식이 되어 버리지만.

엄마도 아버지도 형도 모두 내 눈치를 보느라 정신이 없다. 가족 중에서 가장 이질적인 존재. 그래, 나는 이 집에 어울리지 않는다. 없어도 되는 존재. 아니, 처음부터 없었어야 할 존재.

대충 세수를 하고 나와서 방으로 들어갔다. 옷을 갈아입고 나오는데 식탁에 앉은 세 사람의 얼굴이 보였다. 모두 안절부절못하는 표정으로 나만 바라보았다.

"우리 막내, 어서 와 앉아라."

아버지가 어색하게 웃었다.

"됐어요. 바빠요."

"저기, 엄마가 상담 가도 될까?"

엄마가 물었다. 대답하고 싶지 않아 입술을 깨물었다.

"저기, 형이 용돈 좀 줄까?"

가식적인 배려였다.

"저 나가요."

현관을 벌컥 열었다.

"밥은!"

세 사람이 동시에 소리쳤다. 못 들은 척 문을 쾅 닫았다.

오늘이 마지막 날이다. 오늘 안에 부원을 모집하지 못하면 그

빌어먹을 철인 스포츠부 놈들에게 내 소중한 리코더실을 뺏기고 만다. 결의에 찬 각오로 교문에 들어섰다. 아침 일곱 시, 동아리실에서 가입 신청서, 볼펜, 홍보 피켓, 포스터 등을 챙겨 나왔다.

현재 리코더부 모집 인원 총계는…… 0명이다. 말도 안 돼! 이 모든 게 철인 스포츠부의 방해 때문이다. 놈들이 리코더부에 아무도 가입하지 못하도록 무슨 수를 쓴 게 분명했다. 그렇지 않고서야 이럴 수는 없었다.

어제까지 나는 열심히 리코더를 불었다. 낮은 도부터 3옥타브 높은 도까지 현란한 스케일을 선보이며 왈츠, 블루스, 재즈까지 다양하게 연주했다.

내가 가진 리코더 또한 총동원했다. 소프라노 리코더를 비롯하여 베이스 리코더, 알토 리코더, 클라이네 소프라니노 리코더까지. 특히 클라이네 소프라니노 리코더의 새 지저귐 같은 음색은 지나가는 학생들의 이목을 사로잡기에 충분했다.

"여러분, 〈사계〉를 작곡한 비발디 아시죠? 그 비발디가 리코더 협주곡을 작곡했습니다."

화려한 트릴 주법을 가미하여 비발디 리코더 협주곡 다장조 1악장을 연주했다. 이 정도면 누구 하나 가입하겠다고 볼펜 끝에 침이라도 묻혀야 했다. 그런데…….

"날씬한 몸매를 원하십니까."

고릿적 광고 카피를 갖다 쓰며 최정빈이 웃통을 깠다. 젠장. 내 리코더 연주를 감상하던 사람들이 모두 철인 스포츠부 홍보 부스로 몰려갔다. 놈들은 비열하게도 리코더부 옆자리에 신입생 모집 부스를 마련했다. 게다가 휴대용 스피커를 동원해 최신 힙합까지 틀어 댔다. 쿵쿵 울리는 베이스 음과 속사포처럼 쏟아지는 랩 포격에 리코더부 부스는 처참히 무너졌다. 운동 동아리라는 것들이 퍼포먼스를 준비했다며 인간 탑을 쌓고 텀블링을 하고 철봉에 이리 매달렸다 저리 매달렸다 하는데, 솔직히 나도 힐끔하긴 했다.

나흘 동안 그렇게 방방 뛰면서 놈들은 나를 방해했다. 문의하는 아이들이 없었던 것도 아니었다. 리코더부 운영 계획이나 공연 일정 등을 물어보는 아이들도 있었다. 그러나 철인 스포츠부 녀석들이 요새 누가 리코더를 부냐는 식으로 빈정거리면 몇 안 되는 방문자마저 얼굴을 붉히며 다음에 오겠다고 하고는 자리를 떴다.

그러니까 오늘은 어떻게든 부원을 모집해야 한다. 아침 일찍 등교한 것도 그 때문이다. 철인 스포츠부 놈들이 다 모이려면 빨라도 여덟 시는 넘어야 했으니, 나는 그 전에 영업을 시작할 것이다. 비장의 무기로 특별히 블루투스스피커도 준비했다.

오늘 준비한 곡은 〈할아버지의 11개월〉*이다. 멜로디가 유쾌하고 리코더 음색이 상큼한 과일처럼 톡톡 터져서 리코더의 매력을 제대로 보여 줄 수 있어 골랐다.

* 일본의 밴드 쿠리코더 콰르텟(Kuricorder Quartet)의 곡으로 여러 프로그램에 BGM으로도 많이 쓰임.

아직 등교하는 학생은 없지만 손도 풀 겸 연습을 시작했다. 휴대폰의 재생 버튼을 누르자 기타와 튜바의 짧게 끊어 치는 반주가 흘러나왔다. 나는 그 음악에 귀를 기울이고 눈을 감았다. 언제 들어도 어깨가 들썩이는 전주. 두 악기는 점점 크레셴도* 되고 있다. 이제 몇 초 있으면 내가 나설 차례.

드디어 지금. 내 리코더가 아직은 차가운 3월 아침의 공기를 주황빛으로 물들인다. 입과 손가락이 연주하는 리코더의 멜로디가 귀를 즐겁게 하면 두뇌에서 도파민이 팡팡 터진다. 참을 수 없는 짜릿함과 더불어 내 손과 입술은 더욱 화려하게 떨린다. 피나는 연습으로 익힌 복식 비브라토까지 섞어 가며 연주한다.

즐겁다. 온몸이 짜릿하다. 손가락은 더 이상 내 신체의 일부가 아닌 듯, 나는 나대로, 손가락은 손가락대로 그리고 리코더는 살아 숨 쉬는 채로. 연주를 하고 연주를 감상하고, 세상의 모두가 나만 바라보는 것 같다.

점점 클라이맥스로 향하는 음악. 두 번의 시퀀스가 반복되고 엷은 트릴을 섞어 애드리브까지 넣어 본다. 그리고 마침내 모든 악기가 한 번에 마침표를 찍는 순간, 강렬한 울림이 속에서부터 즙을 짠 듯 배어 나온다.

"와."

* 악보에서 점점 세게 연주하라는 말.

짝짝짝짝. 박수 소리였다. 깜짝 놀라 눈을 떴다.

"듣기 좋아요."

살포시 머금은 미소, 까무잡잡한 피부에 짙은 눈매, 두터운 쌍꺼풀과 깊은 인중까지. 어딘가 이국적인 외모의 여자아이가 엄지를 척 치켜들었다.

"가, 감사합니다."

야외 공연을 숱하게 했지만 누군가 긍정적 반응을 보인 경우는 오늘이 처음이라 괜히 민망했다.

"리코더예요?"

"네……."

"리코더가 그런 소리를 내는 줄 몰랐어요."

나는 서둘러 몇 가지 리코더를 더 꺼냈다.

"얘네들도 다 리코더예요. 얘는 클라이네 소프라니노 리코더, 얘는 테너 리코더, 얘는 알토 리코더……."

"그렇구나."

여자아이가 고개를 끄덕였다.

"혹시 악기에 관심 있으세요?"

"아, 뭐. 조금은요?"

"어떤 악기요?"

일단 악기 이야기로 공통점을 찾은 뒤 리코더를 권해 보는 식으로 대화를 전개할 생각이었다.

"음……."

여자아이는 골똘히 생각하다가 대답했다.

"하모니카? 인간이 우주에서 최초로 연주한 악기가 하모니카거든요. 아무래도 우주에 큰 악기는 못 들고 가니까."

뜬금없는 얘기에 당황했지만 받아 주기 어려운 이야기는 아니었다. 하모니카와 리코더는 공통점이 있으니까.

"리코더도 하모니카만큼 작아요."

나는 클라이네 소프라니노 리코더를 들어 보였다.

"그렇구나."

그 애는 고개를 끄덕였지만 눈은 다른 무언가를 찾아 헤매고 있었다.

"친구 기다리세요?"

"아니요, 그건 아닌데……."

"그럼 혹시 제 이야기 한번 들어 보실래요? 리코더에 관한 건데……."

모르는 사람한테 말 붙이는 거 솔직히 진짜 싫은데, 오늘만큼은 어떻게든 부원을 모집하기 위해 밤을 새워 몇 가지 동아리 소개 내용도 준비해 보았다.

"뭐…… 해 보세요."

해 보세요라니. 무슨 대답이 저럴까. 듣겠다는 거야, 말겠다는 거야? 기분이 상했지만 오늘은 성질을 죽이고 친절로 응대해야 한다. 그러거나 말거나 그 아이의 눈은 계속해서 무언가를 찾아 헤맸다.

"리코더에 얽힌 아름다운 사랑 이야기가 있거든요. 제2차 세계 대전 때 일인데 프랑스에 유명한 리코디스트가 있었어요. 그는 사랑하는 여자와의 결혼을 앞두고 결혼식에서 연주할 사랑의 세레나데를 작곡했죠. 그러던 중 전쟁이 발발하고 남자는 전쟁에 나가게 됐어요."

긴장을 해서 그런지 입이 바짝바짝 말랐다. 나는 고개도 들지 못한 채 이야기를 이어갔다.

"여자는 참전하는 그의 손을 꼭 붙들며 무조건 살아만 돌아오라고 했죠. 그런데……."

"뻔하죠. 그 남자 죽겠네요."

아이의 대답에 나는 고개를 번쩍 들었다.

"아니요, 살아 돌아옵니다."

"그래요?"

"네, 살아 돌아오긴 하는데 오른손 검지와 중지를 잃은 상태로 돌아오죠."

여전히 무언가를 찾아 헤매던 그 시선이 순간 내게로 향했다.

"왜요?"

"방아쇠를 당기던 그의 오른손에 적군의 총알이 박혔거든요. 검지와 중지가 한 번에 날아간 거죠."

"으, 끔찍하네요."

"끔찍하죠. 문제는 또 있었어요. 결혼식을 위해 작곡한 곡을 연주할 수 없게 된 거예요. 손가락 두 개가 없는 오른손으로는 연주가 불가능했어요."

"세상에. 그럼 결혼 못 해요?"

아이가 점점 이야기에 빨려 드는 것이 느껴져, 나는 회심의 미소를 감추고 말을 이었다.

"남자는 무척 괴로워했어요. 여자는 남자가 파혼하자고 할까 봐 노심초사했죠. 그래서 남자에게 찾아가 괜찮다, 손가락 없는 정도는 결혼에 아무런 문제가 되지 않는다, 리코더 없이도 우리는 잘 살 수 있다, 그렇게 격려를 해요. 그런 그녀에게 남자는 이렇게 대답합니다."

나는 잠시 뜸을 들였고, 그 애는 숨도 쉬지 않은 채 내 말에 귀를 기울였다.

"나는 리코더 없이 살 수 없어."

"뭐야, 그럼……. 기껏 전쟁에서 살아 돌아와 놓고 헤어지는 거야? 말도 안 돼. 우주적 관점에서 보면 손가락 두 개쯤은 아무것도 아닌데……."

우주적 관점까지 들먹이다니. 아까부터 우주를 자주 언급하는군. 우주인이 꿈이라도 되는 모양이다. 나는 어깨를 으쓱하고는 이야기를 이어 나갔다.

"그는 결혼식 날짜가 다가와도 방에 처박힌 채 모습을 나타내지 않았어요. 그녀는 무슨 일이 있어도 기다리겠다며, 자신은 혼자라도 결혼식을 올리겠다며, 그의 방 앞에서 눈물로 호소했죠. 그리고 마침내 결혼식 날이 됐어요. 예상대로 남자는 결혼식장에 나타나지 않았고 여자는 혼자 식장으로 들어갔어요."

"진짜 너무해, 그 남자!"

아이는 이야기에 빠진 나머지 화를 냈다. 나는 리코더를 살며시 집어 들었다. 이제 이야기를 마무리해야 했다.

"그때, 식장 문이 열렸어요."

"설마……."

무언가 잔뜩 기대하는 표정. 그에 부응하기 위해 나는 목소리를 깔았다.

"맞아요, 남자가 나타난 거예요. 그리고 그의 왼손에는 리코더가 들려 있었죠. 그가 뚜벅뚜벅 다가와 그녀에게 이렇게 얘기합니다."

초조했다.

젠장, 연극부도 아니고 이렇게까지 해야겠어?

스스로에게 물었다.

어쩔 거야, 그럼. 오늘이 마지막인 것처럼 살아야지. 안 그래? 선택의 여지가 없다고.

그렇게 자문자답하며 왼손으로 리코더를 들어 올렸다.

"당신을 위해 준비했어요. 왼손으로 연주하는 사랑의 세레나데."

온몸은 물론이고 내장 기관에 소름이 쫙 돋는 듯했다. 내가 이렇게 손발이 오그라드는 말을 하다니. 당장 속을 끄집어내어 수세미로 박박 씻고 싶었다.

방금 한 이야기가 전부 진실이냐고? 아니, 순 뻥이다. 어디서 들은 얘기를 슬쩍 바꾸었을 뿐. 문학적 소양이 전무하니 이야기의 개연성이나 리얼리티 등은 차치하고, 누구 하나라도 걸려들어라 하는 심정으로 만든 이야기였다.

그리고 지금부터 들려줄 왼손 리코더 연주 역시 원래 있는 곡이 아니다. 왼손으로만 리코더를 불다가 대강 멜로디를 만들어 냈는데, 그 곡에 〈사랑의 세레나데〉라는 근대 유럽의 카사노바식 곡명을 붙였을 뿐이다. 어쨌거나 하나뿐인 관객은 몹시 기대하는 표정이었고, 연주만 완벽하면 가입 신청서에 서명을 받아 낼 수 있을 듯했다. 그런데…….

복식호흡을 하며 연주를 시작하려는 찰나였다. 둥둥둥. 가슴을 울리는 베이스 소리가 들려온 건. 철인 스포츠부 녀석들이 이쪽으로 빠르게 다가오고 있었다.

"뭐야? 시끄럽게."

나는 놈들을 노려보며 눈살을 찌푸렸다. 이제 막 감정을 잡았는데 저런 소음은 방해가 되잖아. 나는 당황한 표정으로 앞의 아이를 보았다.

"어?"

아이가 사라지고 없었다. 나는 급히 고개를 돌려 주변을 살폈다. 세상에, 그 애는 마치 좀비라도 된 양 정빈을 향해 흐느적흐느적 걸음을 옮기고 있었다.

"저, 저기요."

나는 서둘러 달려가 그 애의 가방을 붙잡았다.

"네?"

아이의 눈동자는 초점을 잃은 듯했다. 황홀경에 빠졌는지 아롱거리는 눈빛. 나 따위가 보일 리 없었다.

"정신 차려요. 연주는 듣고 가야죠."

그러나 때는 늦었으니, 철인 스포츠부의 퍼포먼스가 시작되었고 등교하던 아이들은 그 공연을 보기 위해 몰려들었다.

북적대는 인파 속에 최정빈이 복근을 드러내자 곳곳에서 함성이 터져 나왔다. 허세도 허세도 저런 허세가 없을 것이다. 저 닭살 돋은 것 봐라. 3월의 아침이 추운 것이다. 암만 몸이 좋으면 뭐 하나. 가끔 아버지 가게에서 팔기 힘든 근육질 닭을 튀겨 먹은 적이 있는데, 털 뽑힌 닭의 모습이 딱 저랬다. 정빈의 몸에 튀김가루를 묻힌 뒤 기름에 튀겨 버리는 상상을 하며, 아이의 가방을 끌어당겼다.

그러나 그 애는 만사 귀찮다는 듯 놓으라며 몸을 흔들었다. 그러고는 망부석이라도 된 양 그 자리에 멈춰 선 채 최정빈을 뚫어져라 바라보았다.

"저기요."

내가 목소리를 높이자 아이는 꿈에서 깬 듯 눈을 끔뻑였다. 그러더니 다짜고짜 물었다.

"저 선배, 아직 여친 없겠죠?"

"누구요?"

"저 초콜릿 복근이요."

"초콜릿은 무슨. 화이트 초콜릿이에요? 피부도 허여멀게서는 닭털 벗겨 놓은 것 같은데."

그 애가 눈을 흘겼다.

"무슨 말을 그렇게 해요? 여친 있는지 없는지 그거나 대답해 주지."

"몰라요. 내가 그걸 어떻게 압니까? 그리고 어디서 반말이야?"

"내가 언제 반말했다고 그래요?"

이제는 아예 대놓고 신경질을 부리는군.

"나 갈 거니까 잡지 마요."

아이가 고개를 돌렸다.

"연주는 듣고 가요."

내가 붙잡았다.

"싫어요."

"아니, 왜⋯⋯."

여태껏 들인 시간이 아까웠다. 이야기며 연기며 다 소용없는 짓이었다.

"그러지 말고 듣고 가라고요."

그러나 그 애는 단호했다.

"아, 싫다니까요!"

"진짜…… 듣고 가라고!"

화가 나서 리코더를 빽빽 불며 듣기 싫은 소리를 냈다. 악기가 상할 수도 있지만 지금은 이렇게라도 해야 직성이 풀릴 듯했다. 듣기 싫은지 그 애가 귀를 막았다. 스포츠부 퍼포먼스를 구경하던 아이들도 따가운 시선으로 나를 보았지만 신경 쓰지 않았다. 될 대로 되라지. 어차피 부원을 구하지 못하면 모든 게 끝장이었다.

울분을 토하듯 한참을 그렇게 불어 댄 것 같다. 나는 씩씩거리며 리코더를 내려놓았다. 아이는 질린다는 표정으로 혀를 내둘렀다.

"리코더는 우주에 들고 갈 악기로는 적합해 보이지 않네요. 그렇게 듣기 싫은 소리가 나서야 어디 가져갈 수 있겠어요?"

순간 힘이 탁 풀렸다.

"내 리코더가 듣기 싫다고?"

살면서 그런 악평은 처음이었다. 리코더는 초딩이나 부는 악기다, 그거 입으로 바람만 불면 다 할 수 있는 악기 아니냐, 좀 더 근사한 악기를 연주하지 왜 하필 리코더냐. 그런 소리는 얼마든지 받아 줄 수 있었다. 한두 번 들은 소리가 아니니까. 그런데 이 아이의 말은 그것들과는 차원이 달랐다.

처음이었다. 내 리코더 소리를 듣기 싫다고 말한 사람은. 누구보다 아름다운 리코더 소리라 자부했는데. 리코더로 그런 음악이

가능하냐는 이야기를 듣고 살았는데. 다른 건 모르지만 리코더 하나는 인정한다는 이야기를 귀에 못이 박히도록 들었는데. 그런데…… 듣기 싫다니.

그 아이는 마지막으로 콧방귀 비슷한 걸 뀌고는 스포츠부 퍼포먼스를 구경하는 인파 속으로 사라졌다.

책상 위로 펼쳐진 리코더와 악보가 눈에 들어왔다. 나는 그것들을 하나하나 정리했다. 가입 신청서도 파일 홀더에 집어넣었다. 세워 두었던 피켓을 내리고 책상 앞에 붙여 놓았던 포스터도 뗐다.

그래, 다 접자. 이제…… 그만하자.

"저기……."

누군가 말을 건 것은 바로 그때였다. 흐릿한 눈가를 손등으로 훔치고 고개를 들었다. 덕지덕지한 여드름. 이마를 다 가린 더벅머리. 꽤나 작은 키에 팔다리도 얇아서 툭 치면 날아갈 것 같은 왜소한 남자아이였다.

"그래서 어떻게 됐는데요?"

아이가 바짝 다가서며 물었다.

"네?"

"두 사람 결혼은 했나요?"

결말이 몹시 궁금한 모양이었다.

"그야…… 그렇겠죠?"

"다행이다. 아이 낳고 행복하게 잘 살았을 거예요. 전 해피 엔딩이 좋거든요."

아이는 안도의 한숨을 내쉬며 헤벌쭉 웃었는데 그 모습이 약간 어리숙하게 보였다.

"근데 남자는 어떤 곡을 연주했어요?"

"어, 그게……."

간절히 기다리는 눈빛이었다. 그러니까 이 아이, 지금 내 연주를 기다리는 것이다.

"연주해 볼까요?"

아이가 빠르게 고개를 끄덕였다.

반짝이는 눈빛을 보니 긴장이 됐다. 왼손으로 지공을 막고 취구에 입술을 갖다 댔다. 호흡을 가다듬고 천천히 연주를 시작하자 아이는 내 연주에 귀를 기울였다. 그리고 마침내 연주가 끝나자 감동받은 얼굴로 물개 박수를 쳤다.

"진짜 아름다운 곡이에요. 손가락도 엄청 빨라요."

그러고는 가입 신청서가 든 파일 홀더를 가리켰다.

"가입해도 될까요?"

갑작스러운 질문에 대답을 못 하고 있자 아이가 먼저 말했다.

"주세요, 제가 쓸게요."

아이가 볼펜과 가입 신청서를 가져가는 모습을 나는 멍하니 바라보았다.

부원이 하나 늘었다. 리코더부는, 해체하지 않는다.

"최종 인원 두 명이라는 말이지?"

"네, 새로 가입한 부원은 1학년 4반 김제혁이라는 후배예요."

점심시간. 좁은 상담실에 나, 정빈 그리고 선생님 이렇게 셋이 모였다. 선생님은 연필 끝으로 머리를 박박 긁더니 입으로 가져가 잘근잘근 씹었다. 정빈도 머리가 가려운 모양이었다. 손으로 머리를 마구 헤집더니 소리를 버럭 질렀다.

"고작 한 명 모집됐어요. 생각하고 말고 할 게 없다고요!"

그래서 뭐? 한 명이 됐든 백 명이 됐든, 모집만 하면 되는 거 아니었어? 길길이 날뛰는 정빈을 뒤로하고 자리에서 일어났다.

"말씀 다 하셨으면 전 이만 가 보겠습니다."

정빈은 똥줄이 타는 모양이었다. 대뜸 내 손목을 붙잡더니 놓아 줄 생각을 하지 않았다.

"앉아."

"네가 앉으라고 하면 앉아야 돼? 놔, 이거. 바빠. 동아리실 청소
도 해야 하고."

어떠냐. 설마 내가 해낼 줄 상상도 못 했지? 약 좀 오를 거다. 나
는 승리의 미소를 지으며 정빈을 빤히 내려다보았다. 정빈의 얼굴
이 붉으락푸르락했다. 그럼 네가 어쩔 건데? 되돌리기엔 이미 늦
어 버렸으니 순순히 포기하고 현실을 받아들이라고.

하지만 정빈은 좀처럼 현실을 직시하지 못했다.

"동아리실 청소를 왜 네가 해. 해도 우리가 할 건데."

"아니, 우리 동아리실을 네가 왜? 아아, 문패 부러뜨린 거 때문
에 미안해서 그러는 거라면 신경 쓰지 마. 다시 만들면 되니까. 그
정도 아량은 베풀 수 있지."

"이게 진짜."

분위기가 삽시간에 험악해졌다. 나야 아무 잘못 없다. 이건 다
먼저 시비를 걸어 온 정빈 때문이라고. 그러나 선생님은 그렇게
생각하지 않는 모양이었다.

"정빈이 그만하고. 대한이도 좀 앉아라."

바빠 죽겠는데 무슨 할 말이 더 있느냐는 얼굴로 선생님을 보았
다. 지친 표정의 선생님이 안쓰럽기도 하고. 할 수 없이 자리에 앉
자 선생님이 조심스럽게 입을 열었다.

"대한아, 우리 선생님들끼리도 이 건을 두고 이야기를 좀 나누었는데 말이다. 특히 교장선생님 생각이 확고하신데…….

무슨 말을 하려고 서두가 이리도 긴 걸까? 나는 팔짱을 끼고 고개를 돌리는 것으로 듣고 싶지 않다는 의사를 표현했다.

"교장선생님이 체육 활동을 무척 좋아하셔. 게다가 또 6월에 있을 철인 대회도 준비해야 하고…….

그래서요? 대체 뭘 말씀하고 싶으신 거죠? 시선은 딴 데 두고 있었지만 귀는 자꾸만 선생님 쪽으로 향했다. 선생님이 뭔가 굉장히 듣기 불편한 말을 준비하고 있는 것 같았다.

"교장선생님은 이왕이면 동아리실을 철인 스포츠부가 사용했으면 하셔.

거기까지 듣고는 일단 자리를 박차고 일어났다.

"싫어요.

"대한아…….

"싫다고요! 저는 약속대로 부원도 모집했고 또…….

억울한 마음에 말도 제대로 나오지 않았다. 이런 옛말이 있다. 말인지 방귀인지 모르겠다고. 지금 상황이 딱 그랬다. 선생님은 할 말 안 할 말 가릴 줄을 모르시나. 자다가 봉창 두드리는 소리를 들어도 이렇게 황당하지는 않을 것이다.

"대한아, 얘기는 끝까지 들어 봐야지.

"동아리실 계속 쓸 거예요.

"그래그래, 계속 써. 선생님도 교장선생님께 그렇게 말씀드렸어. 그건 아닌 것 같다고. 그런데 말이다. 선생님이 제안을 하고 싶은데."

제안이고 뭐고 듣기 싫었다. 선생님이 말을 하든 말든 나는 고개를 돌리고 있었다. 이러면 안 되는 거 알지만 먼저 실례를 범한 쪽은 선생님이었다. 선생님은 작게 한숨을 쉬며 말을 이었다.

"리코더부와 철인 스포츠부는 동아리실을 반반씩 나눠 써라."

"아니요!"

"말도 안 돼요!"

나와 정빈이 동시에 소리쳤다. 그러나 선생님은 더 이상 토를 달지 말라는 듯 단호한 목소리로 말했다.

"너희 둘 다 이해를 좀 해 주고. 학교 결정에 따르길 바란다."

"절대 그럴 수 없어요."

내가 먼저 거부했다.

"저희 인원이 몇 명인데. 반쪽만 써서는 운동기구도 다 안 들어가요."

최정빈도 질세라 언성을 높였다.

"리코더부도 점점 인원이 늘 거라고요."

"줄넘기도 해야 하고 매트도 깔아야 해요. 리코더야 자리 많이 필요 없잖아요."

"우린 뭐 악보대 안 놓는 줄 알아? 거기 반만 쓰기에는 좁거든?"

"그냥 복도에서 해. 아니면 야외에서 하든가. 전에 보니까 밖에서 삑삑 잘만 불더구만."

"뭐? 삑삑?"

"그래, 삑삑. 맞잖아. 삑삑, 삑삑."

"아니거든. 삑삑 아니라고!"

둘이 옥신각신하고 있을 때였다.

"그만해."

선생님이 한숨 섞인 목소리로 말했다.

"칸막이 쳐 줄 테니까 그냥 같이 써. 안 그러면 둘 다 없애 버릴 거야."

상담실이 조용해졌다. 정빈과 나는 눈치만 보고 있었고 선생님은 연거푸 한숨을 내쉬었다.

"선생님 말대로 하는 거다."

아니요, 선생님. 그럴 수 없어요. 나는 따를 수 없다는 의미로 입을 다물었다. 그러나 정빈은 그새 생각이 바뀐 모양이었다.

"어쩔 수 없네요. 네, 그럴게요."

"무슨 소리야? 난 싫어."

이제 와서 반을 나눠 쓰자고? 웃기는 소리였다.

"난 약속 지켰어. 만약 부원이 하나도 모집되지 않았으면 동아리실 포기했을 거야. 그런데 넌 왜……."

"강대한!"

선생님이 언성을 높이며 내 말을 막았다.

"너 혼자 사는 세상 아니야."

억울함에 눈물이 핑 돌았고, 목구멍에는 커다란 가시라도 박힌 듯 말이 나오지 않았다.

그런 나를 향해 정빈이 볼멘소리를 했다.

"짜증 나. 툭하면 울어."

누구는 울고 싶어서 우는 줄 알아? 갑자기 눈물이 나오는 걸 나더러 어쩌라고? 참으려 해도 눈물이 계속 흘렀다. 중학교 3학년 겨울방학, 그 일이 있고 난 후부터 나는 이상한 병에라도 걸린 듯 작은 일에도 눈물이 터져 나왔다.

"대한아, 강대한. 선생님 좀 봐라."

나는 고개를 저었다. 잠깐의 침묵이 이어졌고, 곧 정빈의 목소리가 들렸다.

"시합 한번 하자."

차분하고 낮게 깔리는 목소리였다. 시합? 무슨 시합? 내가 묻고 싶은 걸 선생님이 대신 물었다.

"시합이라니?"

"동아리실 걸고 시합 한번 하자고요. 저도 얘랑 반반 나눠 쓰는 거 아니꼽고 치사해서 싫어요. 누구는 울 줄 모르나."

"누가 울었다고 그래?"

눈가를 훔치며 언성을 높이자 정빈도 지지 않고 말했다.

"1학년 때도 그렇게 울었다면서? 쪽팔리지도 않아? 무슨 유치원생도 아니고. 하긴 리코더 삑삑 부는 거 보면 넌 그쪽이 더 어울리는 것 같기도 하다."

"말 다 했어?"

"틀린 말 했어? 맘대로 안 되면 울기나 하고. 그럼 선생님들이 네 말 다 들어주지? 무슨 상전 났어? 떼쓰는 거야? 그러니까 정정당당하게 승부를 보자고. 내가 지면 확실하게 방 빼 줄 테니까. 아님 계속 어린애처럼 징징대든가."

정빈의 공격에 망치로 얻어맞은 듯 머리가 아팠다. 선생님은 그런 말 하는 거 아니라며 꾸짖었지만, 정작 정빈은 미안한 기색 하나 없이 나를 뚫어져라 노려보았다. 나 어린애 아니거든? 이 말이 목구멍까지 올라왔으나 정작 입 밖으로 나오지는 않았다. 울기나 한다고? 떼를 쓴다고? 뭘 안다고 함부로 떠드는 거야?

"어쩔 거야, 내기. 할 거야, 말 거야?"

정빈이 물었다. 선생님은 중재를 포기한 듯 정빈에게 물었다.

"무슨 시합을 하려고?"

정빈은 무심한 목소리로 선생님의 물음에 답했다.

"철인 대회요. 거기서 이기는 사람이 동아리실 쓰기."

그 말을 듣자마자 선생님은 기가 차다는 듯 웃었다.

"그걸 말이라고 하니?"

"왜요? 이것만큼 정정당당한 게 어디 있다고."

"너 인마, 그러는 거 아니야. 누굴 상대로 뭘 하겠다고?"

최정빈보다 선생님의 반응이 더 불쾌했다. 내가 왜? 뭐가 어때서?

"대한이가 달리면 얼마나 달리겠니? 이건 뭐 다윗과 골리앗 싸움도 아니고."

역전의 명수로 불리는 다윗이 오더라도 이기지 못할 승부라 이거지. 오기가 생겼다.

"할 수 있어요."

나도 내가 무슨 말을 하나 싶었지만 말하기를 멈추지는 않았다.

"그까짓 거 뭐 얼마나 대단하다고. 우리 형도 철인 출신이에요."

형은 우리 학교 졸업생으로 3년 연속 철인 대회를 제패했다. 형이 그랬다. 누구든 연습하면 철인이 될 수 있다고. 나라고 못 할까? 기필코 이겨 그 오만한 콧대를 꺾을 것이다.

"아무리 그래도, 그건 좀 무리지 않겠니?"

선생님은 진심으로 걱정하는 모양이었다. 나도 안다. 무리라는 걸. 6월 달력 모델이 떠올랐다. 더불어 식스팩이 도드라진 정빈의 배도. 과연 내가 이길 수 있을까?

아니면 지금이라도 시합 제안을 거절하고 계속 우기는 편이 유리할까? 나는 절대 동아리실을 포기할 수 없다고. 그러니 두 명이 됐든 한 명이 됐든 내버려 두라고. 그렇게 우기다 보면 정빈의 말처럼 선생님이 내 말을 들어주지 않을까?

그게 나은 방법일지도 모른다. 누가 봐도 난 놈의 상대가 아니었다. 정빈도 그걸 알고 내 자존심을 건드리는 것일 테다. 현명한 선택을 하려면 그 제안을 거절하는 게 맞았다.

그때 문득 어떤 목소리가 떠올랐다.

"저 선배 여친 있어요?"

아침에 봤던 까무잡잡한 여자아이.

"저 초콜릿 복근이요."

초콜릿 복근, 초콜릿 복근, 초콜릿 복근.

머릿속에서 그 단어가 메아리쳤다. 하얗던 정빈의 복근이 점점 구릿빛으로 변해 가는 모습이 그려졌다. 마치 그 아이의 피부색처럼. 두 사람이 나란히 앉아 초콜릿 복근의 기원을 논하는 모습도 떠올랐다. 마침내 정빈과 그 아이가 나를 보며 이렇게 말하는데…….

"울기나 하고. 쪽팔리지도 않아?"

내 심장이 미친 듯이 뛰었다.

"대한아, 선생님 말 듣고 그냥 반반씩 쓰는 게……."

"할게요."

이대로 물러날 순 없었다. 나는 있는 힘을 다해 정빈을 노려보았다.

"시합 그거, 한다고요."

내 말에 녀석이 같잖다는 듯 히죽거렸다.

"그냥 뛸 수야 없지. 너 출발하고 5분 뒤에 출발할게. 이 정도면 어때? 많이 배려해 준 거야."

정빈은 배려라는 말로 가증스럽게 거만함을 드러냈다. 나는 고개를 저었다. 절대 네 뜻대로 해 줄 수는 없지.

"정정당당하게 해. 똑같이 뛸 거야."

자리를 차고 일어났다. 얘기 좀 더 하자고 붙잡는 선생님의 손도 뿌리쳤다. 필요한 말은 다 들었다. 전쟁은 시작되었고 나는 오로지 전쟁 준비에만 몰두할 것이다.

문을 벌컥 여는데 철인 스포츠부 놈들이 빼곡히 서 있었다. 밖에서 엿듣고 있었나 보지. 비열한 놈들. 선두에 있던 도엽이 민망한 듯 웃었다.

"우리는 그냥 지나가다가 어떻게 됐나 싶어서……. 정말이야. 궁금해서."

"비켜."

그 사이를 지나가는데 놈들이 킥킥거렸다. 계단을 따라 1층으로 내려갈 때는 아예 환호성까지 들렸고, 벌써 승리의 축배를 들다니, 어림도 없지. 나는 어금니를 악물었다. 두고 보자. 아직 끝난 거 아니다. 절대 아니다.

* * *

중학교 3학년 봄에 조퇴를 며칠간 연달아 한 적이 있다. 게임에 잠깐 빠졌는데, 도무지 수업에 집중할 수가 없었다. 선생님 말씀은 들리지 않고 게임 속 내 캐릭터가 무자비한 칼질로 상대방을 서걱 서걱 썰어 내는 소리만이 달팽이관을 가득 채웠다. 조퇴가 불가피 했다.

피시방에 들러 반나절가량 있다가 집으로 돌아오길 일주일 동안 했다. 그동안 손목의 스피드와 손가락의 컨트롤 능력이 상당 수준 진일보했고, 웬만한 적은 내 마우스를 당해 내지 못하는 지경에 이르렀다.

그때 나는 진지하게 장래 희망으로 게이머를 고려하기도 했다. 물론 선생님과 엄마의 상담 전화로 거짓말은 모두 탄로 나고 말았고, 그 후로 웬만하면 아파도 조퇴를 하지 않게 되었다.

그 뒤로 약 2년 만에 조퇴를 했다. 고등학교 들어와서는 처음이다. 이번에도 불가피했다. 정빈을 필두로 한 녀석들의 비웃음이 달팽이관도 모자라 뇌신경까지 다닥다닥 달라붙었기 때문이다. 한 교실에 앉아 있다가는 시냅스가 모조리 찢어지는 경험을 하게 될지도 몰랐다.

집으로 돌아오자마자 침대에 드러누웠다. 잠을 청했지만 부유하는 정빈의 복근은 눈을 감은 상태에서 오히려 더 선명하게 보였다. 게다가 오늘 아침 만난 여자아이까지 나타나는 게 아닌가. 신경질적으로 손을 휘저었다. 만화에서 보면 손만 흔들어도 잡생각이 훨훨 잘만 사라지던데. 현실은 팔만 아플 뿐이었다.

냉장고로 달려가 물부터 꺼냈다. 컵에 따르지도 않고 병째 물을 들이켜다 사레가 들렸다. 컥컥거리며 마셨던 물을 죄다 뿜어냈다. 마치 펌프차라도 된 것 같았다. 어릴 때 아버지를 따라 소방서에 갔던 기억이 떠올랐다.

가끔 아버지가 관창을 쥐여 주며 펌프차를 가동시킬 때면 형과 나는 하늘을 온통 물바다로 만들었다. 햇빛은 그 위로 무지개를 그려 주었고. 소방관 시험을 준비하던 형은 무지개를 보며 무슨 생각을 했을까? 엉뚱하게도 나는 관창에서 물이 나오기 전 꿀렁거리는 모습에 사레들린 코끼리를 상상하곤 했다.

유치원 책장에 꽂혀 있던 그림책 중에 사레들린 코끼리 코돌이 이야기가 있었다. 다른 친구들은 코로 물도 뿜고 샤워도 했지만, 코돌이는 그게 쉽지 않았다. 코가 비정상적으로 꼬여 있었기 때문이다. 지금 생각해 보면 참 말도 안 된다 싶다. 코가 꼬였으면 숨 쉬는 것조차 힘들 텐데. 그때는 코돌이가 불쌍해서 그 책을 닳도록 봤다.

코돌이는 코로 물만 들이켜면 그렇게 사레가 들렸고 머금었던 물을 다 토해 내고 말았다. 웃긴 건 코에서 뿜어져 나오는 물이 어찌나 센지 웬만한 나무 하나쯤은 거뜬히 날려 버리고 말았다는 것이다. 코돌이는 그럼에도 불구하고 코로 물 마시기 연습을 꾸준히 했다. 어떻게든 다른 코끼리들과 같아지고 싶었기 때문이다.

코돌이가 꾸준히 노력한 끝에 물을 마시고 기침을 참는 시간이 점점 길어졌고, 사레에 들린다 해도 물 나오는 속도가 현저히 줄어들었다. 점점 다른 코끼리들과 비슷하게 변해 가는 자신의 모습에 코돌이는 뿌듯함을 느꼈다.

어느 날 코돌이가 사는 초원에 불이 나고 말았다. 큰 나무에 붙은 불을 보고 모두들 놀라서 도망을 갔다. 그날도 코돌이는 웅덩이에서 물 마시기 연습을 하고 있었다.

"코돌아, 큰 나무에 불이 났어. 어서 달아나!"

친구 코끼리가 코돌이 옆을 지나며 그렇게 소리쳤다. 코돌이는 고개를 들고 불이 난 곳을 보았다. 정말이었다. 불길은 점점 거세졌다. 가만두면 초원 전체가 사라져 버리고 말 지경이었다. 덜컥 겁이 난 코돌이는 여태껏 연습한 것을 홀랑 까먹고 말았다. 순간 한껏 들이켰던 물이 코를 자극하고, 코돌이는 사레가 들려 그만 에에에에에에취이이이.

다음은 어떻게 되었냐고? 코돌이 코에서 뿜어져 나온 물은 순식간에 나무의 불을 꺼 버렸다. 코돌이는 초원의 영웅이 되었고, 소방관으로 활약하며 행복하게 살았다나 뭐라나. 갑자기 이 이야기가 왜 떠올랐을까. 어쨌든 한바탕 물총을 쏘아 대서 그런지 머리까지 올라온 열은 식었다. 이성이 어느 정도 돌아오자 후회와 함께 걱정도 제자리를 찾아갔다.

철인3종경기라. 대충 어떤 건지는 안다. 자전거 타고 수영하고 달리기하고. 집 안 어딘가에 관련 책자가 있을 것이다. 책을 찾으러 가는데 베란다 거치대에 세워 둔 자전거 두 대가 눈에 들어왔다. 나는 베란다로 다가가 그것들을 노려보았다. 아버지와 형의 자전거였다. 내 자전거는 없다. 뭐, 중학교 때까지만 해도 같이 탄 적이 있긴 하다.

두 사람은 괴물이고 나는 사람이다. 무시무시한 속도로 달려가는 둘을 따라가기란 벅찬 일이었다. 게다가 그날의 진실을 알게 되고는 모든 것을 때려치웠다. 내 자전거는 지금쯤 어딘가에서 새로운 모습으로 삶을 이어 가지 않을까. 고물상 트럭에 실어 보내 버렸으니까.

그래. 아버지와 나는 다르다. 형과 나도 다르다. 아버지는 전직 소방관, 형은 현직 소방관이다. 체력으로는 누구한테도 지지 않는 두 사람이다. 운동을 좋아하는 것뿐만 아니라 체격도 비슷하다.

나는 다르다. 가늘고 긴 손가락을 지녔고 누구보다 빠르게 손가락을 굴릴 수 있었다. 게다가 어릴 때부터 리코더가 항상 곁에 있었다. 덕분에 리코더는 내 주 종목이 되었다. 사람들은 내가 무슨 조기교육이라도 받은 줄 안다. 그러나 악기라고는 호루라기 이상으로 불어 본 적 없는 아버지가 내 음악교육을 위해 발 벗고 나섰을 리는 없었다.

초등학교 5학년 때였다. 운동회 때 형과 아버지가 학부모 대표로 릴레이경주에 나갔다. 두 사람 다 미친 듯이 달려 팀에 우승을 안겨 주었다. 그걸 본 친구가 물었다.

"너희 형이랑 아빠는 달리기 잘하는데, 넌 왜 못해?"

"아니야, 나도 잘해!"

그 말에 충격을 받아 한동안 달리기를 열심히 했다. 그러나 다리에 알만 잔뜩 배일 뿐, 실력이 크게 나아지지는 않았다. 뭐가 잘못된 건지는 한눈에 봐도 알 수 있었다. 나는 아버지, 형과 다리 두께부터가 달랐다.

그래서 그냥 리코더나 열심히 불기로 했다. 나는 리코더를 잘하니까. 누구보다 잘 불 자신이 있으니까. 그러나 친구의 물음은 날카로운 유리 조각처럼 머릿속에 박힌 채 빠지질 않았다. 몇 번이고 스스로에게 물은 것 같다. 난 왜 아버지, 형과 다를까. 그 답을 알게 된 것은 중학교 3학년 2학기가 끝날 무렵으로 과학 시간에 유전을 공부한 것이 화근이었다.

아버지에게 물었다. 나는 왜 다르냐고. 엄마도 B형, 아버지도 B형인데 어째서 나는 A형이냐고. 두 사람 사이에서는 형처럼 O형은 나올 수 있어도 나처럼 A형은 나올 수가 없다고.

고등학교 진학을 앞둔 그해 겨울이 내 인생의 겨울이 될 줄 알았다면 차라리 그 질문을 하지 말 걸 그랬다. 이후 나는 영원히 봄이 오지 않을 것만 같았던 그 겨울의 긴긴 밤을, 불면증에 시달리며 이제까지 보내고 있다. 그 빌어먹을 비밀을 모르고 있었다면 봄이 왔을 텐데…….

자전거의 페달을 슬쩍 돌려 보았다. 서서히 돌기 시작하는 뒷바

퀴는 조금씩 속도가 붙더니 이내 바람 소리를 내며 빠르게 돌았다. 잘 돌아가는구나. 내 인생도 이렇게만 돌아가면 얼마나 좋을까. 모든 게 거침없이 쌩쌩.

"뭐 해?"

"깜짝이야."

뒤를 돌아 보니 형이 서 있었다. 까만 눈을 끔뻑거리며 무슨 일인가 싶어 목을 쭉 뺀 모습이 영락없는 고릴라다. 덩치만 놓고 봤을 때는 누가 고릴라이고, 누가 형인지 알 수 없을 것이다.

"왔으면 인기척이라도 하든가."

"했어. 벨도 누르고, 노크도 하고."

형이 베란다 유리를 통통 두드렸다.

"왜 온 거야?"

"왜 오다니. 퇴근했지."

형이 어리숙한 웃음을 지었다.

"이렇게 일찍?"

"일찍은 무슨. 어제 야간 근무였잖아. 남은 일 처리하느라 이제 퇴근한 거야. 졸려 죽겠다. 근데 자전거는 왜?"

뭔가 잔뜩 기대하는 목소리였다.

"그냥 봤어."

"타고 싶어?"

"아니."

더는 긴 대화를 나누고 싶지 않아 시선을 외면하고 방으로 들어와 버렸다. 가족과는 최소한의 대화만 나눈다. 그게 내 첫 번째 철칙이니까. 독립하는 그날까지 나는 침묵할 것이다.

방문에 대고 형이 조금 큰 소리로 말했다.

"일찍 왔네? 조퇴한 거야? 어디 아파?"

대답하지 않았지만 으레 그렇듯 형은 자기 할 말을 이어 갔다.

"자전거 타고 싶으면 말해. 네 자전거는 잘 관리해 뒀으니까."

형의 마지막 말이 나를 자극했다.

"내 자전거라니?"

방문을 벌컥 열고 물었다. 고물상에 팔아 버렸는데 내 자전거라니? 가족의 비밀을 알게 된 후, 나는 그간 찍은 가족사진과 받은 선물을 모조리 버렸다. 자전거도 내 손으로 직접 고물상에 넘겼는데.

"아, 그게 말이다."

형이 얼굴을 붉혔다.

"아버지가 혹시 모르니까 놔둬 보라고 하셔서."

"고철비 받았는데."

"에이, 그거야 뭐. 찾아가서 받아 왔지. 돈 돌려주고."

기가 막혔다. 내 안색이 붉어지는 걸 눈치챘는지 형이 더듬거리며 변명을 늘어놓았다.

"일부러 그런 건 아니고. 네가 그 자전거 좋아했으니까. 그리고 가격도 제법 나가고."

그래, 인정한다. 그 자전거, 내가 타기에는 과분한 수준이었다. 고급 구동계가 달린 빨간색 로드 자전거였으니까. 몇 날 며칠을 졸라서 구한 자전거였는데, 그날 이후로는 꼴도 보기 싫어 팔아 버렸다.

"좋아하지 않았어. 잘 타지도 못했고."

"그래도 그거 타고 한강까지도 갔다 왔잖아."

"딱 한 번 그랬지."

"그랬나."

"또 날 속인 거야?"

형은 초조한 기색으로 내 눈을 피했지만 결국에는 눈을 질끈 감으며 중얼거렸다.

"미안하다."

나는 부서져라 문을 닫아 버렸다. 도대체 모든 게 거짓이고 위선이다. 이 집에 진실이란 게 존재하기라도 하는가? 또 뭘 속이려고. 얼마나 속이려고.

차라리 모든 게 거짓말이면 좋겠다. 거짓말이 거짓말을 낳고 또 거짓말을 낳고, 그렇게 꼬리에 꼬리를 물며 잉태와 출산을 거듭하다가 마침내 도달한 곳에서 '사실 처음부터 다 거짓이었어. 널 입양했다는 것도 사실은 거짓이야. 네 혈액형은 B형이고, 넌 네 엄마 배 속에서 태어났지. 서프라이즈! 속았지롱?' 하면서 와하하 웃어 버리는 부모님과 형을 만난다면……. 세상의 모든 날이 만우절이라 한들 함께 웃어 줄 텐데.

그러나 그 사실만큼은 지독하게 진실이었다.

생각해 보니 열받는 일이었다. 오늘 문짝 한번 뜯어 보자는 심정으로 문을 열어젖혔다. 거실에 덩그러니 서 있던 형이 화들짝 놀랐다.

"왜?"

바짝 얼어 있는 형을 향해 물었다.

"자전거 어디 있어?"

형은 못 알아들었다는 듯 고개만 갸우뚱거렸다.

"자전거 어디 있냐고. 내 자전거."

언성을 높이고 나서야 형은 대답했다.

"잠깐만."

형은 자기 방으로 뛰어가더니 어딘가를 막 뒤지기 시작했다. 따라가 보니 자기 책상 첫 번째 서랍을 뒤지고 있었다.

"멍청이. 자전거가 거기 들어가?"

"아, 맞다."

그러고는 진짜 멍청한 표정을 짓는 형. 그러다 뜬금없이 밥을 찾았다.

"밥 먹으러 갈래?"

"갑자기 밥은 무슨 밥이야?"

"아버지 가게에 치킨 먹으러. 같이 가자."

내 앞에서 아버지 가게를 들먹이다니. 두 번째 철칙이 아버지 가게에는 절대 들르지 않는 건데 그것도 모르고.

"싫어, 거긴 안 가. 자전거 어디 있는지나 말해."

"혹시…… 다시 갖다 팔려는 거야?"

형은 그걸 팔게 놔둘 수는 없다는 표정이었다.

"안 팔아, 안 팔 거니까 빨리 말해. 자전거 어디 있어?"

"안 팔 건데 굳이 그걸 왜……."

형이 꼬치꼬치 따져 묻자 슬슬 대화의 의지가 사라지기 시작했다.

"됐어, 필요 없어."

대화 단절의 책임은 오롯이 형의 몫이었다. 나는 최선을 다했다. 이만 대화 창구를 닫겠습니다, 강주성 씨. 눈빛으로 의사를 전달하고 고개를 돌릴 때였다.

"아버지 가게에 있거든."

걸음이 우뚝 멈췄다. 그러자 짧고 굵은 형의 목이 바짝 움츠러들었다.

"아버지 가게에 있어. 같이 가자."

나는 주먹을 꽉 쥐고 방으로 돌아와 문을 쾅 닫았다.

시내에 있는 8층짜리 빌딩은 오래전 큰 화마를 겪고 무너졌다. 그 잔재를 치우고 다시 들어선 건물이 지금의 아버지 가게가 있는 빌딩이다. 그때 화재 현장에 베테랑 소방관이었던 아버지가 있었다.

그리고 또 한 사람. 끔찍한 화재를 겪고도 아직까지 목숨이 붙어 있는 사람. 채 두 돌이 안 된 아이였던 내가, 바로 그곳에 있었다.

중3 겨울방학을 앞둔 어느 날이었다. 방에 틀어박히기 좋아하는 나는 그날도 침대에 드러누워 리코더를 불고 있었다. 들어가도 되겠느냐며 정중히 허락을 구하고 방으로 들어온 아버지는 내 옆에서 한참을 말없이 앉아 있었다.

"할 말 있어서 온 거 아니야?"

내 물음에 아버지는 한숨만 푹푹 쉬었다. 그러다가 입을 열고 한 첫마디가 이거였다.

"아버지는…… 소방관을 하면서 딱 한 번. 사람을 구하지 못한 적이 있어."

아버지는 담담히 그날의 이야기를 들려주었다.

어느 빌딩에 큰불이 났는데, 화재가 심각해서 일대의 소방관이 모두 출동했다. 구조대장으로 있던 아버지는 가장 먼저 출동하여 현장을 지휘했다. 하필이면 강풍까지 불어 불길은 쉽게 잡힐 생각을 하지 않았고, 건물은 부실하게 지어진 탓에 내부 붕괴까지 우려되는 상황이었다. 안에 갇힌 사람들은 살려 달라고 아우성을 치고 있었고.

소방서장은 구조대를 모두 철수시켰다. 이러다 우리 식구까지 다 죽게 생겼다고. 우선은 불부터 완전히 끄고 보자며 말이다. 무전기로 복귀 명령을 들은 아버지는 충실하게 대원들의 퇴로를 지켰다. 대장은 끝까지 구조 현장을 지켜야 한다는 신념으로.

막내 대원까지 모두 퇴각시켰을 때였다. 아버지 또한 복귀를 준비하는 찰나에 하필이면 희미하면서도 새된 호각 소리가 들렸다. 후배 대원이 어서 돌아오라고 말리는데도 아버지는 잠시 다녀오겠다며 불길을 헤치고 내부 진입을 시도했다.

"참 이상하지. 헬멧을 쓰고 있는데도 그 소리는 이상하게 또렷하게 들렸으니까. 아마 운명이었는지도 몰라."

그놈의 운명 타령은.

길을 헤매던 아버지는 소리의 안내를 따라 조금씩 방향을 잡았고, 이내 소리의 근원지를 찾을 수 있었다.

그곳에 한 여자가 쓰러져 있었다. 여자의 다리는 무너져 내린 천장 자재에 깔려 움직이기 힘든 상태였다. 아버지는 곧장 여자를 구하려 했다. 그러나 여자는 심한 기침 탓에 말을 못 하면서도 자

기 앞에 놓인, 잠든 듯 고이 쓰러진 아이를 가리켰다. 아이를 살려
달라는 뜻이었다.

처음에 아버지는 아이가 죽은 줄 알았다. 호흡이 없는 줄 알았
으니까. 그래서 일단은 생존해 있는 여자를 먼저 꺼내려 했다. 그
러나 아버지는 그럴 수 없었다.

여자는 물이 묻은 손수건으로 아이의 입과 코를 가리고 있었다.
그녀의 다른 손에는 리코더가 들려 있었다. 아버지가 들은 호각
소리는 다름 아닌 여자의 리코더 소리였다.

아버지가 경악한 눈으로 여자를 돌아보았을 때 그녀는 이미 기
절한 뒤였다. 분명 리코더를 불다 유독가스를 마셨을 텐데 그때까
지 버티고 있던 것이 어떻게 보면 놀라운 일이었다.

여자에게 산소마스크라도 씌워 주고 싶었지만 챙겨 온 보조 마
스크는 이미 동이 난 후였다. 이대로 아이만 데리고 나간다면 여
자의 목숨은 화마의 제물이 될 게 뻔했다. 아니, 그녀의 삶은 이미
꺼져 가고 있었다.

복귀 명령을 알리는 서장의 다급한 외침이 들려왔다. 어떻게든
결정을 내려야 하는 급박한 상황. 그때 아버지의 눈에 얕게 오르
락내리락하는 아이의 가슴팍이 보였다.

다음 결정은 일사천리로 진행되었다. 자신의 산소마스크를 벗
어 아이의 코와 입을 막고 아이를 안아 들었다. 그녀가 쥐고 있는
리코더도 잊지 않고 챙겼다.

'다시 오겠습니다.'

아버지는 건물을 빠져나와 아이를 구급대원의 손에 맡겼다.

끊어진 목숨이라도 데리고 나오겠다며 불길로 다시 뛰어들려는 아버지를 대원들이 붙잡았다. 서장은 뺨을 때리며 정신 차리라고 했다. 얼마 지나지 않아 요란한 굉음과 함께 건물 내부가 무너져 내리기 시작했다. 그와 함께 아버지의 가슴도 무너져 내렸다.

화재를 진압하고 시신 수습을 완료하는 데까지 꼬박 3일이 걸렸단다. 사망자 대부분은 시신이 심하게 훼손되어 신원을 확인하기 힘들었다. 아이 엄마와 관련하여 파악할 수 있는 사항은 오직 하나. 아버지의 뇌리에 깊이 박혀 있는 그녀의 간절한 눈망울뿐이었다.

'우리 아이를 살려 주세요, 제발…….'

병원으로 후송된 아이는 오른쪽 다리에 화상을 입었지만, 다행히 생명에는 지장이 없었다. 문제는 아이의 가족을 찾을 수 없다는 것이었다. 수소문해 보고, 신문에 광고도 내 봤지만 아이를 찾는 전화는 끝내 울리지 않았다. 결국 아이는 퇴원하는 날에 맞추어 보육시설에 들어가기로 결정되었고, 그 소식을 들은 아버지는 한참을 목 놓아 울었다고 했다.

몇 날 며칠 밤을 새우며 고민한 끝에, 아버지는 외동아들로 자라 온 첫째에게 둘째가 필요하다는 결론을 내렸다. 그 둘째는 생물학적인 방법인 아닌 사회제도적인 방법으로 마련할 생각이었고. 이름도 모르는 그 아이를 끌어안고 얼마나 울었는지 모른다고 했다. 가족은 아버지의 뜻을 받아들였고, 아버지는 아이를 둘째로 입양하는 절차를 무사히 마칠 수 있었다.

나는 아버지가 무슨 말을 하는지 몰라 그저 멍하니 듣고만 있었다. 그때 아버지가 내게 했던 마지막 말이 압권이었다.

"그래서 우리는 대한이라는 소중한 선물을……."

"나가."

"대한아……."

"당장 나가라고!"

* * *

"너무 걱정할 건 없어요."

"네, 걱정 안 해요."

제혁이 동아리실을 이리저리 둘러보며 대답했다. 그러더니 문득 생각이 났다는 듯 이렇게 말했다.

"말 놓기로 하셨잖아요. 저 1학년이에요."

제혁의 여드름 가득한 볼이 양옆으로 벌어졌다.

"아, 그랬지."

주말에 제혁을 잠깐 동아리실로 불렀다. 토요일이라 미안한 마음은 있지만 동아리실 내부 정리로 이번 주는 내내 제혁을 만날 시간이 없었다. 제혁은 어차피 할 일도 없었다며 흔쾌히 나왔다.

나는 철인 스포츠부와 당분간 동아리실을 함께 써야 한다는 사실을 알려 주었다. 그리고 정빈과 겨루는 시합에 관한 내용도.

"그래서 이게 생긴 거고요?"

제혁은 동아리실을 가로지른 칸막이를 가리켰다.

"응, 여러 번 얘기하지만……."

"걱정 안 해요."

제혁이 싱글벙글 웃었다.

"저는 여기 반만 있어도 충분할 것 같은데요? 뭔가 아늑하고 좋아요."

제혁은 내 말을 귓등으로 흘렸나 보다. 이건 자존심의 문제다. 무슨 일이 있어도 철인 스포츠부와 함께 동아리실을 쓰는 일은 없을 것이다. 내가 나가든 그쪽이 나가든.

"동아리실이 없어져도 리코더부는 계속 유지될 거야. 미안하다."

반으로 좁아진 동아리실에 악보대 몇 개 세우고, 책상 한두 개들여놓으니 합주할 공간도 나오지 않았다. 지금이야 달랑 두 명이니까 그럭저럭 쓴다 하지만 이제 곧 부원이 늘텐데. 선생님이 부원 증원은 희망 사항 아니냐고 그랬지만 천만의 말씀이다. 내가 잠깐 자리를 비운 사이 가입 신청서를 동아리실 책상 위에 놓고 간 사람도 있었다.

연락처도 남겨 놓았기에 문자로 시간 되면 놀러 오라고 했더니 자기는 아무 때나 시간이 난다고 했다. 괜찮다면 오늘 잠깐 들를 수 있냐는 말에 선뜻 알았다고 대답하는 걸로 봐서는 열의가 대단한 것 같았다. 나였다면 절대 그러지 못했을 텐데. 이왕 이렇게 된 김에 신규 부원들끼리 인사도 할 겸 토요일 오전에 모임을 하게 된 것이다.

"여기 구경 좀 해도 되나요?"

제혁은 호기심이 많은 아이였다. 칸막이 너머를 피안의 세계인 양 동경하는 눈빛이었다. 글쎄, 그리 간다고 구원을 얻을 수 있을까? 그러나 궁금하긴 나도 마찬가지였다. 뚝딱뚝딱 소리가 시도 때도 없이 들렸으니. 나는 그러라는 의미로 고개를 한 번 끄덕였고, 제혁은 씨익 웃으며 칸막이를 조심스레 젖혔다. 나 역시 고개를 빼고 칸막이가 걷히길 기다렸다.

"꽃밭이네요."

칸막이 너머를 본 제혁의 첫마디였다.

온통 꽃투성이었다. 벽면에는 말린 꽃을 1미터 간격으로 걸어 놓았고, 아래에는 화분들이 자리 잡고 있었다. 제혁과 나는 가까이 다가가서 그것들을 살펴보았다. 이제 막 싹을 틔운 새싹도 눈에 띄었지만 대부분 흙만 있는 화분이었다. 군데군데 다육식물도 있었는데, 특히 선인장이 안쓰러웠다. 3월 말의 한국 날씨는 선인장 입장에서는 얼어 죽을 날씨일 것이다.

한마디로 이곳은 화초들의 무덤처럼 보였다. 잿빛 흙덩이 사이 어울리지 않는 모습으로 말라붙은 꽃들은 기괴한 풍경을 연출하고 있었다.

"이게 다 뭐야?"

눈살을 찌푸리는데 기다렸다는 듯 누군가의 대답이 들렸다.

"나 이거 알아. 이건 목화 싹이에요."

떡잎을 비쭉 내밀고 있는 연약한 새싹 하나를 가리키며 어떤 여자애가 웃고 있었다.

"이건 제라늄 떡잎이네."

그 아이는 나를 보며 씽긋 웃었다.

"나 알죠?"

당황한 나를 대신해 제혁이 물었다.

"누구세요?"

갑작스레 모습을 드러내 상대를 놀라게 하지를 않나, 화훼 관련 지식을 뽐내며 잘난 척하지를 않나. 짙은 쌍꺼풀과 봄에 어울리지 않는 까무잡잡한 피부, 이국적인 외모까지 눈에 익은 얼굴이었다.

"저 장윤서예요."

손가락으로 제 얼굴을 가리키며 아이가 말했다.

"장윤서?"

"네, 장윤서. 오늘 오라고 했잖아요."

"아, 이번에 나랑 같이 가입했다는?"

제혁이 물었다. 아이가 빠르게 고개를 끄덕였다.

"반가워요."

제혁이 수줍어하며 인사를 건넸고, 그 애도 손을 흔들어 주었다.

잠깐 정리를 해 보자. 장윤서. 분명 가입 신청서에서 그 이름을 보았다. 내가 먼저 연락도 했고. 아니, 그 전에, 나는 장윤서라는 아이를 며칠 전에 보았다. 그러니까 그게…….

"그때 그 우주인?"

리코더는 우주에 가져가기에 적합하지 않다고 했지. 똑똑히 기억한다고.

윤서의 표정이 기이하게 변했다. 눈빛은 당황한 기색인데 입은 웃고 있는 그런 표정이었다.

"우주인이요?"

내가 그렇게 말했나. 말실수를 한 모양이다. 계속 그때 기억이 떠오르는 바람에.

"아, 우주인이 아니라……."

"풉."

우주인이 터져 나오는 웃음을 참으려 입을 막았다. 그러나 실실 새어 나오는 웃음은 어쩌지를 못했다.

"왜 웃어요?"

"웃기잖아요, 우주인이라니. 안 그래요?"

윤서가 제혁에게 동의를 구하는 눈빛을 보냈다.

"나더러 우주인이래요."

"아……. 하하, 그런가요?"

제혁은 나와 윤서의 선문답을 도무지 이해하지 못했지만 눈치껏 따라 웃었다. 물론 나는 전혀 웃을 기분이 아니었다.

"웃지 마요. 말을 잘못한 거니까."

윤서는 까만 피부와 대조되는 희고 맑은 눈을 가지고 있었다.

"뭐 우주인으로 해요. 괜찮은 별명이네. 희망 사항 중 하나이기도 하니까. 언젠가는 나도 철새들을 잡아타고 소행성 B612에 돗자리 펴고 앉을지도 모르죠. 머언 미래에는 말이에요."

"어린 왕자가 사는 데 아니에요?"

제혁이 물었다.

"맞아요. 어린 왕자!"

"예전에 재밌게 읽었는데."

"전 격하게 사랑해요."

양 볼을 두 손으로 감싸며 윤서는 이렇게 덧붙였다.

"잘생겼잖아요. 완전 꽃미남 왕자님. 난 가끔 어린 왕자와 같은 별에 살던 장미가 아닐까, 그런 생각을 하기도 해요."

눈알을 두어 번 굴리며 윤서를 노려보았다. 여기가 무슨 UFO 활주로도 아니고, 어디 우주 소년단 백분 토론 하는 소리를 하는 거야?

"그럼 살던 별로 돌아가시든가."

갑작스러운 불청객의 등장이 마음에 들지 않아 비꼬듯 말했지만 윤서는 또 킥킥거릴 뿐이었다.

"재밌는 선배야."

뭐가 재미있다는 거야? 제혁 또한 윤서를 따라 웃기 시작했다.

"그만 웃지?"

그제야 내 싸늘한 표정을 읽었는지 둘 다 웃음기를 거두었다.

"아이, 왜 그래요, 선배. 또 정색하시네. 전에도 정색하시더니."

정색이라고 했다. 그때나 지금이나 무례하고 제멋대로인 게 누구인데. 말이 통하지 않았다. 자기 입으로 말한 것처럼 어디 외계에서 온 생물체 같았다. 도무지 지구어로는 소통이 불가능한. 아무래도 윤서를 내보내는 게 나을 것 같았다.

"이거 가져가요."

윤서가 낸 가입 신청서를 가져와 도로 내밀었다.

"왜요? 가입하려고 낸 거예요."

윤서의 눈이 툭 튀어나올 것처럼 커졌다.

"분명 철인 스포츠부에 가입하는 걸 봤는데."

질세라 나도 눈 사이에 힘을 주고 말했다.

"지원을 하긴 했죠."

"그런데?"

"떨어졌어요. 체력 테스트를 하더라고요. 너무 많은 사람이 지원했다면서."

그러면서 방긋 웃는 게 아닌가.

"잘 왔어요."

제혁이 나 대신 환영 인사를 했다. 나는 제혁을 한 번 째려보고는 윤서에게 시선을 돌렸다.

"우리도 아무나 받아 주고 그러지 않아요. 오디션 본다고요."

내 말에 제혁이 먼저 울상을 지었다.

"그래요? 몰랐는데……."

"너, 너는 가입됐으니까 걱정 말고."

그러자 이번에는 윤서가 우는소리를 했다.

"쟤는 그냥 가입시켜 주면서 나는 왜 오디션을 보는데요?

할 말이 없었다. 그냥 해 본 소리였으니까.

"……내 맘이야."

"너무해!"

윤서는 항변하듯 소리를 높였다.

"세상에 얼마나 많은 나라, 많은 민족, 많은 사람이 있는 줄 알아요? 그 많은 사람 중에서 우리가 만날 확률은 빅뱅이 일어날 확률과 같다고요. 이 얼마나 소중한 인연이에요. 그런데 날 쫓아내? 진짜 그러는 거 아니에요."

다다다다 쏟아지는 윤서의 설득. 그럼에도 나는 팔짱을 끼며 단호한 태도를 유지했다.

"빅뱅이 백 번 일어나도 안 되는 건 안 되는 거야."

"치사해!"

"뭐? 치사하다고?"

"맞잖아요. 누구는 그냥 가입시켜 주고 나는 오디션 보고. 나도 그냥 가입시켜 줘요!"

어쭈, 눈까지 치켜뜨고 흥분해서 막 덤비는 거 봐라. 아예 막 나오시겠다?

"애초에 리코더부 가입할 생각이 없었잖아."

"이제 생겼다니까요?"

"갑자기 왜?"

잠시 침묵이 흘렀다. 윤서가 입을 열었다.

"철인 스포츠부랑 동아리실 같이 쓴다면서요?"

아하, 그럼 그렇지. 윤서의 한마디에 나는 모든 걸 깨달았다. 그러니까 철인 스포츠부 때문이라 이거지? 윤서의 붉어진 얼굴이 내 심증을 증명하고 있었다.

윤서가 어깨를 으쓱하며 물었다.

"까짓 오디션. 뭐 보면 되는데요? 리코더 불어요? 이래 봬도 리코더 수행평가 '매우잘함'이었어요."

"됐어. 안 받아."

"아, 왜요."

윤서가 신경질적으로 소리쳤다.

"내 맘이라고."

"아, 받아 달라고."

"고집 부릴 거면 최정빈한테 가서 해. 왜 나한테⋯⋯."

그때 동아리실 출입문이 벌컥 열렸다. 훤칠한 키, 날렵하면서도 단단한 몸매, 곱상한 외모. 최정빈이었다. 녀석은 우리를 발견하고는 험상궂은 눈빛을 했다.

"너희들 뭐야?"

윤서는 화들짝 놀라며 내 뒤로 숨었고, 제혁은 벌써 칸막이 너머로 피신하고 없었다. 나 역시 당황하여 대답을 못하자 정빈이 재차 물었다.

"뭐냐니까?"

대답이 궁색하여 할 말을 찾고 있는데 마침 정빈의 손에 쥔 것이 눈에 들어왔다.

"그거 물뿌리개 아니야?"

그러자 정빈이 생각 이상으로 당황하기 시작했다.

"뭐, 뭐가?"

정빈은 등 뒤로 물뿌리개를 숨기며 물었다.

"오늘은 내가 물 주는 날이라⋯⋯."

콧방귀가 나왔다.

"니들이 꽃을 키운다고?"

안 어울려도 그렇게 안 어울릴 수가 없었다.

"시끄러워."

정빈의 얼굴이 점점 달아올랐다.

"묻는 말에나 답해. 우리 구역에서 뭘 하고 있었던 거야?"

정빈의 눈빛은 마치 집에 든 도둑이라도 보는 듯했다. 이따위 쇳덩이 훔쳐 가서 어디다 써먹는다고. 사실 좀 적반하장이긴 한데 정빈을 바라보는 윤서의 눈빛이 너무 애틋한지라 나도 모르게 그만 막 나가고 말았다.

"뭘 하든 말든 무슨 상관이야?"

"함부로 남의 동아리실에 들어와 놓고는 무슨 상관이냐고?"

"말은 바로 하자. 원래 우리 동아리실이야. 니들이 잠시 빌려 쓰는 거지."

그러자 정빈이 코웃음을 쳤다.

"철인 대회만 끝나면 쫓겨날 주제에."

"뭐?"

정빈은 비열한 웃음을 보이며 그 주둥이를 계속 놀렸다.

"넌 나한테 절대 안 돼."

정빈은 기어코 잠들어 있던 내 속의 악마를 깨우고 말았다.

"말 다 했어?"

"왜? 틀린 말 했냐? 꼬우면 한 판 붙든가."

후배들이 보는 앞에서 날 무시하다니. 자존심이 확 상했다. 이건 도무지 참을 수 없어.

눈에 뵈는 것이 없을 때는 용감해지는 것이 아니라 무모해지는 것이다. 정빈의 두꺼운 팔 근육도, 나보다 머리 하나는 더 있는 큰 키도 두렵지 않았다.

정빈을 향해 달려들 준비를 하려는 순간.

"죄송합니다!"

윤서가 내 앞을 가로막고 정빈에게 꾸벅 고개를 숙이더니 발개진 얼굴로 말했다.

"잠깐 구경 좀 했어요, 구경. 하하."

그러고는 어색하게 웃으며 내게 팔짱을 꼈다. 윤서는 얼른 고개를 돌리며 제혁에게 눈짓했다. 제혁은 엉거주춤 달려가 칸막이를 치더니 긴장한 목소리로 말했다.

"실례했습니다!"

정빈은 그런 우리를 쏘아볼 뿐 다른 말은 없었다.

"놔, 놓으라고!"

손을 뿌리치려 했지만 윤서는 내 팔을 더욱 강하게 끌어당겼다. 그런데…….

"이 선배, 진짜 안 되겠네. 빨리 따라와요."

그런데 이상하게도 속삭이는 윤서의 숨결이 간지러웠다. 심장이 부르르 떨렸다.

윤서는 나를 데리고 동아리실을 빠져나갔다. 반항하면 할수록 힘이 빠졌다. 팔에 조금이라도 힘을 주면 윤서는 나를 더욱 세게 잡아당겼고, 덕분에 윤서와 나는 어쩐지 가까운 사이에서나 가능한 간격이 되었다.

"자, 잠깐만……."

어떻게든 팔을 빼 보려 했다.

"아이, 진짜. 우리 빨리 가요. 정빈 선배 건드리지 말고."

윤서는 내가 정빈에게 해코지를 할까 봐 두려웠던 모양이다. 그러나 나는 내 중심부가 터지지는 않을까, 그게 두려웠다. 혹시라도 윤서가 내 걸음걸이의 부자연스러움을 눈치채기라도 한다면? 동해물과 백두산이 마르고 닳도록. 살어리 살어리랏다 청산에……. 으아아아. 좀 진정해, 이것아.

첫 경험이었다. 태어나서 처음. 그러니까 엄마나 할머니를 제외하고는 처음이었다. 내 또래의 여자와 몸을 가까이한 것은. 이런 기분이었나? 이성과의 첫 스킨십은 온몸을 팽팽하게 부풀렸다. 감각 없는 팔꿈치조차 민감하게 반응했을 정도이니…… 가슴이 터질 듯 두근거렸다. 살면서 이렇게 부드러운 감촉은 처음 느껴 보았다. 가까이서 보니 윤서의 속눈썹은 꽤 길었고 입술은 도톰했다. 아니지, 내가 지금 무슨 생각을.

"이거 놓으라고."

세게 뿌리치지는 않았다. 윤서가 계속 팔짱을 껴 주었으면 하는 마음이 반쯤 있었으니까. 다만 계속 끌려가는 것에 대한 반감을 어떻게든 드러내기 위해서 몸을 살짝 비틀었을 뿐이다. 그런데 아쉽게도 윤서는 내 팔을 놓아주었다.

"선배!"

그러고는 윤서는 나를 노려보았다. 뭐야, 저 새초롬한 표정은……. 나는 윤서의 눈을 피했다. 윤서의 눈길이 닿는 곳마다 찌릿했기 때문이다.

"진짜 뭐예요? 정빈 선배가 내 얼굴 다 봤잖아요."

"그게 뭐 어때서……."

"난 망했어."

윤서가 양손으로 얼굴을 감싸고 흐느끼기 시작했다. 영문을 몰라 제혁을 보았으나 제혁은 그저 고개만 저을 뿐이었다.

무슨 말을 해야 할지 몰라 멀뚱히 서 있자 윤서가 먼저 입을 열었다.

"미안하지도 않아요?"

"응?"

"미안하지도 않냐고요."

제혁이 얼른 사과하라고 눈치를 줬다. 할 수 없군.

"미안해……."

"그럼 오디션 안 봐도 되죠?"

"응?"

"가입 오디션이요."

"아…… 응."

원래부터 없는 거라는 말은 하지 않았다. 그때 윤서가 고개를 들더니 언제 그랬냐는 듯 활짝 웃는 얼굴로 말했다.

"자, 그럼 배고프니까 맛있는 거나 먹으러 갑시다. 밥은 선배가 쏘는 걸로."

윤서의 태도가 돌변했다. 어이가 없어 제혁과 눈빛만 주고받으며 서 있는데 윤서가 우리를 돌아보며 외쳤다.

"뭐 해요? 빨리 와요."

진짜 이상한 애야. 나는 고개를 절레절레 흔들었다. 그러면서도 나는 재빠르게 윤서의 뒤를 쫓았다.

떡볶이 한 접시는 윤서 혼자 다 먹고, 순대 한 접시는 제혁이 홀랑 해치웠다. 두 사람은 남은 김밥 한 개조차 빼앗길 수 없다며 젓가락을 무기 삼아 결투를 벌였고, 결국 최종 승자는 윤서가 되었다.

"그런데 너는 리코더부에 왜 가입하려는 거야?"

김밥을 입으로 쏙 집어넣는 윤서에게 제혁이 물었다. 뻔한 걸 굳이 왜 확인하려 들어? 하지만 윤서가 뭐라고 대답할지 궁금하긴 했다.

"그야, 뭐⋯⋯."

"정빈이 형 때문이지?"

제혁이 다 안다는 표정으로 물었다.

"아이, 몰라."

굉장히 수줍어하는군.

"맞구나?"

제혁이 재차 묻자 윤서가 헤벌쭉 웃으며 말했다.

"너무 많은 걸 알려고 하지 마. 외계인은 비밀이 많은 법이니까."

"외계인? 네가 외계인이라고?"

"아니, 정빈 선배. 그 선배는 지구인이 아니야. 지구인이라면 그렇게 완벽할 리 없지."

이 우주인은 아무래도 정신이 단단히 나간 모양이다.

"그렇게 우주가 좋고, 외계인이 좋으면 우주 소년단에 들어가지, 왜 여길 왔어?"

기가 차서 그렇게 묻자 윤서는 모르는 소리 말라며 손을 내저었다.

"우주 소년단은 이제 질렸어요. 별자리 관찰은 수도 없이 했으니까. 이제는 우주적 사랑을 위해 진짜 외계인을 찾으러 다닐 시간이라고요."

"뭐라는 거야……."

나는 헛소리를 계속 들어 주기 힘들었지만 제혁은 눈빛을 반짝이며 관심을 보였다.

"진짜 외계인이 있다고 생각하는 거야?"

"당연하지. 꼭 찾고 말 거야. 옛날 사람들이 외계인이라는 개념을 몰라서 그렇지, 외계인과 지구인과의 사랑을 다룬 전래동화도 많아."

"진짜?"

"잘 봐."

윤서는 손을 꼽아 가며 사례를 늘어놓았다.

"견우와 직녀, 선녀와 나무꾼, 호랑이를 피해 하늘로 올라간 오누이 등등. 외계인을 추론하게 하는 전래동화는 수도 없이 많아. 어린 왕자는 말할 것도 없고, 심지어 드라마에서도 외계인과 지구인의 사랑을 다루잖아. 정말 환상적이지 않아? 그들이 사랑할 수 있었던 건 기적이야. 마치……."

윤서는 황홀한 듯 허공을 바라보며 말했다.

"빅뱅과 같은 확률이라고."

"에이, 그건 다 이야기잖아."

시시하다는 듯 제혁이 피식 웃었다.

"그런가? 그래도 난 믿고 싶은데 어떻게 하지? 아, 상상만 해도 가슴이 설레. 눈부신 외모의 외계인을 만나고, 사랑을 나누고, 그리고 키스까지……."

나는 고개를 절레절레 저었다. 외계인과 키스라니. 아무래도 이상한 애가 동아리에 가입한 것 같다.

"그건 그렇고. 아까 그건 무슨 말이에요? 철인 대회 끝나면 쫓겨난다니?"

윤서의 물음에 제혁은 외계인보다 더 흥미진진한 이야기가 있다며 입을 열었다.

"대한이 형, 철인3종경기 나간대. 정빈이 형이랑 맞짱 뜨러."

윤서가 눈을 동그랗게 뜨며 물었다.

"선배가 정빈 선배랑 왜 맞짱을 떠요?"

내가 대답하기도 전에 제혁이 먼저 입을 열었다.

"자리싸움이지 뭐. 시합에서 지는 쪽이 방 완전 빼는 걸로 했대."

"뭐? 아, 안 돼요. 그럼 내가 리코더부에 들어갈 이유가 없어지잖아!"

윤서가 손을 내저으며 소리쳤다.

"그러지 말고 사이좋게 지내요. 난 이 시합 반대야. 그렇게 해서 좋을 게 뭐가 있어? 리코더부든 철인 스포츠부든, 어느 쪽이든 빠지게 되면 정빈 선배랑 한 방 못 쓰잖아!"

그래, 결국 그거였어. 우주인의 가입 목적은 그거였어. 확실한 물증을 잡았다.

"이거 봐. 가입 목적이 불순해."

"치, 그럼 제혁이는요? 야, 너는 가입 목적이 뭐야?"

"나? 나는 딱히 받아 주는 데가 없어서……."

제혁이 내 눈치를 봤다.

"이거 봐. 얘도 뭐 별거 없네."

윤서가 속사포처럼 쏘아 댔다.

"아, 아니야! 형 연주는 진심 듣기 좋았어요! 가입 결심하게 된 것도 그것 때문이었고 또⋯⋯."

한심하기 짝이 없는 부원들이었다. 나는 이 한심한 두 부원을 데리고 어떻게 동아리를 이끌지 앞날이 캄캄했다. 그래도 어쩌겠는가. 동아리를 없애고 싶지는 않으니 어떻게든 꾸려 봐야지.

"리코더는 그렇게 만만한 악기가 아니야."

나는 우선 리코더에 대한 간단한 지식을 물어보기로 했다.

"다들 리코더는 불어 봤다고 했지?"

두 사람은 눈살을 찌푸리며 고개를 끄덕였다.

"주법에는 어떤 것들이 있지?"

이건 진짜 간단한 내용이었다. 하지만 두 사람은 아무 대답도 하지 못했다. 한숨이 나왔다.

"레가토, 논레가토, 스타카토!"

두 사람은 그게 대체 무슨 소리인가 하는 표정이었다.

"너희는 자세가 안 되어 있어. 이 정도 기본 상식도 모르면서 뭐? 리코더부에 들어와?"

리코더를 만만하게 생각하는 두 사람에게 화가 났다.

"리코더는 예민한 악기야. 함부로 다루는 사람치고 리코더 잘 부는 사람 못 봤어. 저음부에서는 부드러운 바람을, 고음부에서는 칼날 같은 바람을 실어 줘야 해. 운지는 또 어떻고? 구멍이 조금이라도 덜 막혀 바람이 세면 음정이 틀어져. 그냥 소리만 낼 줄 안다고 전부가 아냐."

"네에……."

"초등학생이나 부는 악기라고? 웃기지 마. 초등학생은 리코더를 부는 게 아니야. 그냥 한번 경험해 보는 거지. 그런 식이면 초등학생이 다루지 못하는 악기란 없어. 알아? 그러니까 초등학생용 악기라는 말 이제 하지 마."

"그런 말 한 적 없는데……."

윤서가 입을 삐죽거렸다. 그래, 너는 그런 말 한 적 없겠지. 하지만 그렇게 생각하는 사람이 많다고.

"리코더는 사람도 살리는 악기야. 그러니 자부심을 가지라고."

사람을 살리는 악기. 내가 말해 놓고도 놀랐다. 내 입에서 그런 말이 나올 줄이야.

윤서는 이제 잔소리가 지겹다는 표정으로 툴툴거렸다.

"그래서, 우리 가입시켜 줄 거예요, 말 거예요?"

제혁도 그게 궁금한 모양이었다. 사실 나도 그게 궁금했다. 이것들을 받아, 말아? 하지만 답은 정해져 있었다.

"합격이야."

내 말에 두 사람은 손을 맞잡고 좋아했다. 나도 모르게 웃음이 새어 나왔다.

그러나 기쁨도 잠시, 제혁이 이상한 질문을 했다.

"형, 그럼 우리 이제부터 열심히 운동하면 되는 거예요?"

"운동?"

무슨 뚱딴지 같은 소리냐며, 리코더 연습이나 열심히 하라고 말하려는데 제혁이 심각한 얼굴로 말했다.

"동아리실 지키려면…… 철인3종경기에서 이겨야 하는 거 아니에요?"

확실히 심각한 문제이긴 하다.

고백하자면, 나는 리코더부를 포기할까 생각했다. 지기 싫은 마음에 덜컥 내기에 동의는 했지만 사실 불 보듯 뻔한 일이었다. 내가 무슨 수로 이길 수 있단 말인가. 나가 봤자 웃음거리만 될 텐데…….

두 사람과 헤어져 집으로 돌아가는 길. 버스 정류장에는 사람이 없었다. 무거운 마음을 달래려 리코더를 꺼내 들었다. 취구를 입에 물고 최근에 본 영화 속 멜로디를 천천히 연주했다.

따뜻한 리코더의 저음부 음색이 마음을 채워 주었다. 시종일관 저음부의 연주로 지속되던 멜로디는 끝에 다다라서야 미세하게 떨리는 작디작은 높은 '도' 음으로 끝이 났다. 눈을 감고 연주하던 나는 천천히 눈을 떴다.

박수 소리가 들렸다.

"와, 형 진짜 잘한다."

한 유치원생이 제 엄마 옆에 서서 나를 보고 웃으며 박수를 치고 있었다. 나는 아이 엄마에게 사과했다.

"죄송해요. 계신 줄 모르고……."

그러나 아주머니는 무슨 소리를 하냐며 손을 내저었다.

"듣기 좋았는데 왜요."

아주머니가 엄지를 척 치켜들었다. 나는 뭐라 말해야 할지 몰라 그저 고개만 꾸벅했다. 마침 버스가 와서 나는 얼른 버스에 올랐다. 앞문 계단으로 오를 때 꼬마가 나에게 손을 흔들었다.

"형아, 잘 가."

"응……. 잘 가."

나도 아이에게 손을 흔들어 주었다.

덜컹거리는 버스를 타고 오면서 잠시 생각에 잠겼다. 철인 대회를 나가야 하나? 앞이 막막했다. 뭐부터, 어떻게 시작해야 할지.

멍하니 창밖만 바라보는데 익숙한 거리가 눈에 들어왔다. 아차 싶었다. 이 버스를 타는 게 아닌데. 유치원생에 정신이 팔려 잘못 타고 말았다. 이 버스는 아버지의 가게 앞을 지나간다.

왜 그랬을까? 내 손이 나도 모르게 하차 벨을 눌렀다. 곧 버스가 멈춰 섰고 뒷문이 열렸다. 내리는 사람이 없자 기사 아저씨가 백미러를 통해 인상을 쓰며 물어 왔다.

"내리는 사람 없어요?"

대답이 없자 아저씨는 구시렁거리며 문을 닫으려 했다.

"자, 잠깐만요."

벌떡 일어나 아저씨를 쳐다봤다. 아저씨는 뭘 쳐다보냐는 표정으로 물었다.

"학생, 내릴 거야?"

내릴 거면 어서 내리라는 투였다. 더 고민하고 싶었지만 내게 주어진 시간은 그리 많지 않았다. 아저씨가 짜증스럽게 뒷문을 닫으려는 순간, 얼른 버스카드를 찍고 계단에 내려섰다. 차에서 내리자 곧 뒷문이 닫혔고, 나 때문에 시간이 많이 지체됐다는 듯 버스는 조급하게 출발해 버렸다.

나는 대한빌딩 앞 정류소에 덩그러니 남고 말았다.

아버지의 가게에 불이 들어와 있었다. 불타 버린 옛 건물의 잔해는 이제 어디에서도 찾아볼 수 없지만 그렇다고 해서 끔찍한 기억이 사라지는 것은 아닐 텐데. 그럼에도 불구하고 아버지는 불구덩이에 뛰어든 그날처럼, 새로 지어진 대한빌딩에 뛰어들어 치킨 가게를 오픈했다. 처음에는 하루가 멀다 하고 들락날락거렸다. 우리 집이 치킨 가게를 한다는 사실이 그렇게 좋을 수 없었다.

그러다가 발길을 끊은 지 2년이 훌쩍 넘었다.

"여긴 진짜…… 다시 오기 싫었는데."

높이 솟은 빌딩을 올려다보았다. 어이가 없지. 대한빌딩에서 얻은 아기라고 이름을 '대한'이라고 짓는 작명 센스라니.

가게 안을 들여다보았다. 아버지는 식탁에 앉아 텔레비전을 보고 있었고, 엄마는 휴대폰으로 게임을 하고 있었다. 아직은 한가한 듯했다.

"어서 오세······."

문이 열리는 소리에 돌아보던 아버지가 나를 발견하고는 입을 다물지 못했다. 엄마도 무척 당황한 얼굴이었다.

"내가 와서 싫은가 봐."

"그럴 리가······."

두 분은 무슨 말을 해야 할지 몰라 입만 달싹거렸다.

"자전거."

좀처럼 말을 거는 법이 없는 내가 먼저 입을 열다니.

"응?"

아버지 표정을 보아하니 내 말을 알아듣지 못한 모양이다.

"내 자전거 어디 있냐고. 그거 가지러 왔어."

"자전거? 그건 왜······."

아버지 얼굴에 당혹해하는 표정이 떠올랐다. 아마 형에게 들었을 테지. 아버지는 내가 자전거를 다시 갖다 팔 거라 생각하는 것이다.

"안 팔 거니까 걱정 마."

이런 것까지 일일이 설명해야 하나. 한숨이 나왔다.

"철인3종경기. 나 거기 나가기로 했어."

엄마, 아버지의 표정이 눈에 띄게 달라졌다.

4월

온기 속에
감춰진 잔인함

4월 달력 모델은 작년 과학의날 토론대회에서 우승한 팀 '우주불꽃쇼'가 차지했다. 그들의 유치하기 짝이 없는 포즈를 보다가 나는 콧방귀를 뀌고 책상 위에 달력을 던지듯 내려놓았다.

6월 중순의 대회까지는 약 두 달 반이 남았다. 시간이 그리 많지 않으니 이제 본격적으로 연습을 해야 한다.

3월에는 동아리 활동에 치중하느라 운동할 시간이 없었다. 어떻게든 빨리 1학년들의 리코더 기초 실력을 다져 주고 싶었다. 제혁과 윤서를 매일같이 남겨 리코더 연습을 시켰다. 그 결과 고작 높은 레 음까지의 운지밖에 알지 못하던 두 사람은 이제 리코더가 낼 수 있는 전 음역의 운지법을 익혔다.

5월에 있는 축제를 준비하기 위해서는 4월이 고비였다. 갈 길이 멀었지만 열심히 연습하면 가능할 거라 본다. 그런데 요즘 들어 윤서가 뺀질거리기 시작했다. 윤서는 금요일마다 무언가를 배우러 가야 한다며 연습을 빼먹었다. 뭘 배우러 가냐고 물어봤지만, 혀만 쏙 빼물 뿐 대답은 하지 않았다.

제혁은 리코더의 재미를 조금이나마 느끼는 모양이었다. 리코더는 예민한 악기다. 운지를 어떻게 하는지, 호흡을 어떻게 하는지에 따라 다양한 소리를 낼 수 있다. 빽빽대던 소리가 조금씩 부드러워지고 아름다운 소리로 바뀌어 가는 것을 보며 제혁은 뿌듯함을 느끼는 듯했다. 제혁은 생각보다 복식호흡이 잘 단련되어 있었다. 호흡이 길었고, 왜소한 몸에 비해 체력도 좋았다.

사실, 문제는 나였다. 남은 두 달 동안 어떻게 하면 정빈을 이길 수 있는 체력을 기를 것인가. 그렇다고 내 체력이 못 봐줄 정도로 저질은 아니다. 비쩍 마른 내가 1분 가까이 한 음을 길게 연주하는 것을 보고 의아해하는 사람들이 있다. 어디서 저런 힘이 나올까 하고 말이다. 그것은 모르는 소리.

아버지, 형을 따라 어릴 때부터 안 해 본 운동이 없다. 그러니까 나에게도 승산이 없는 것은 아니다. 물론 운동하지 않은 지 꽤 됐지만 연습만 하면……. 그래, 연습만 하면……. 갑자기 골치가 아파 온다. 4월은 잔인한 달이라는 어떤 시인의 말이 가슴 깊이 와닿는다.

머리도 식힐 겸 냉장고에서 우유 하나를 꺼내 들고 소파에 앉았다. 일요일 오전, 부모님은 가게에 나갔고 형은 당직을 마치고 돌아와 곯아떨어졌다. 계획대로 오늘부터 한 시간씩 철인 대회 연습을 할 것이다. 다만 무엇부터 해야 할지 막막했다.

궁여지책으로 형이 혹시 도움이 될지 모르겠다며 건네준 『도전, 철인3종경기』라는 책을 펼쳤다. 수영, 사이클, 마라톤의 연습 방법이 자세히 나와 있었다.

달리기 파트부터 펴 보았다. 달리기야 그냥 달리면 되지 않나 싶었는데 그게 또 아니었다. 마라톤을 하는 방법이 자세히 나와 있는데 긴장을 풀고 몸을 꼿꼿하게 해야 하며 발목의 움직임도 유연하고 빨라야 했다. 게다가 달리기만 한다고 되는 게 아니란다. 근육도 필요하기에 근력 운동까지 해야 했다.

"아이 몰라. 달리는 데 무슨 방법이 필요해. 그냥 달리면 되지."

책을 덮어 놓고 소파에 누웠다. 문득 떠오르는 장면이 있었다. 다른 건 몰라도 이것 하나만큼은 꼭 하고 말겠다는 운동이 있었다. 그것은 바로 철봉.

지난 월요일이었다. 1학년들 연습을 봐줘야 했는데 점심을 늦게 먹는 바람에 허둥지둥 동아리실로 뛰어 올라갔을 때였다. 어디서 웃고 떠드는 소리가 들렸다. 웃는 소리는 윤서가 분명했으나 모습이 보이지 않았다.

그때 또 한 번 웃음소리가 들려왔다. 칸막이 너머에서 들리는 소리였다. 마침 칸막이가 빼꼼 열려 있었다. 나는 그 사이로 건너편에서 일어나는 일을 몰래 훔쳐보았다.

윤서와 정빈이 희희낙락거리고 있었다. 타이트한 운동복을 입은 정빈의 몸매는 잘 훈련되어 보기 좋았다. 잘 나가는 아이돌의 몸매가 딱 저랬다. 탄탄하고 날렵하며 어떤 옷을 입어도 완벽하게 소화하는 그런 몸매.

윤서는 꿀이라도 떨어질 것 같은 눈을 하고 놈을 바라보고 있었다. 윤서의 손에는 물뿌리개까지 들려 있었다. 아주 철인 스포츠부 수발을 다 들고 있는 듯했다. 나는 당장에라도 윤서를 불러들이고 싶었으나 그러지 못했다. 화가 나야 정상인데 이상하게 슬펐다. 알 수 없는 감정이 밀려왔다. 윤서가 정빈과 하하 호호 웃을 때마다 가슴 한 켠이 아렸다. 내가 왜 이러지, 싶으면서도 정빈을 바라보는 윤서의 눈빛이 보기 싫었다.

도무지 그 모습을 보고 있을 수 없어 조용히 동아리실을 빠져나왔다. 앞문을 통해 정빈이 운동하는 모습이 얼핏 보였다. 놈은 그때 철봉을 했다.

철봉. 책에서도 봤다. 철봉운동이야말로 상체 근육을 효과적으로 길러 준다고 했다. 정빈도 철봉을 끼고 사는 걸로 알고 있다. 정빈은 철봉에 매달린 제 몸이 무슨 솜털이라도 되는 듯 번쩍번쩍 들어 올렸다. 까짓것 나도 할 수 있다. 당장 아파트 놀이터에 있는 철봉으로 향했다.

일단 철봉을 잡았다. 차가운 기운이 손바닥을 타고 올라왔다. 정빈은 철봉을 잡은 뒤 오금을 접어 철봉에 대롱대롱 매달렸다. 발을 허공에 띄우고 나서 등근육과 이두박근을 이용해 몸을 들어 올린다고 했으니 나도…….

오금을 접자마자 쿵 하고 무릎부터 바닥에 떨어졌다. 충격이 무릎에서 머리끝까지 전해졌다.

"아오오."

눈물이 찔끔했다. 모래 사이에 돌이 숨어 있었다. 피가 나지는 않았지만 멍이 들 것 같았다. 무릎을 문지르며 철봉을 올려다보았다. 팔과 등에 힘을 주기도 전에 손이 풀려 버렸다. 정말이었다. 손이 스르르 풀려 버렸다. 철봉에 매달리는 것조차 힘들어진 것이다. 이 정도까지는 아니었는데…….

고통이 사라지자 다시 한번 철봉 앞에 섰다. 후, 심호흡을 했다. 분명 실수였을 거야. 다시 한번 해 보는 거야. 이번에는 철봉을 단단히 잡았다. 이제 다리만 떼면…….

오케이. 이번에는 제대로 매달렸다. 혹시 미끄러질까 봐 손에 힘을 꽉 준 채 올라가려고 기를 썼다. 올라가, 올라가, 제발, 제발.

"아으으."

한 10초 버텼나. 다시 바닥으로 내려와 손을 털었다. 불이 붙은 듯 손바닥이 아팠다. 손마디 살이 밀려 하얗게 변해 있었다. 아무리 힘을 주어도 몸은 아래로 처질 뿐 올라갈 생각이 없었다. 팔과 등에 벌써 뻐근함이 느껴졌고 손은 자꾸 미끄러지기만 했다. 뭐가 문제일까?

"한 번만 더 해 봐. 내가 도와줄게."

갑작스러운 목소리에 놀라 돌아보았더니 형이 어리숙한 얼굴로 헤헤 웃고 있었다.

"뭐, 뭐야? 자는 거 아니었어?"

형이 손에 든 봉지를 들어 보였다.

"배고파서 아까 깼지. 먹을 것 좀 샀는데, 먹을래?"

그러고는 봉지를 내밀며 묻는 형.

"됐어. 안 먹어. 방해하지 말고 들어가."

그러나 형은 좀처럼 들어갈 생각을 하지 않았다. 멀뚱멀뚱 서서는 내가 뭘 하나 지켜보는데, 신경이 쓰여 도무지 철봉을 할 수가 없었다.

"안 들어가?"

"내가 도와줄게."

형이 말했다.

"철봉은 혼자 하면 힘들어. 처음에는 도움이 좀 필요해."

"필요 없어."

신경 끄려 노력하며 철봉에 매달렸다.

"오오, 좋아."

형이 추임새를 넣었다. 거참, 거슬리게. 나는 형을 한 번 노려본 다음 몸에 잔뜩 힘을 넣었다. 이번에는 꼭 성공하고 말리라. 얼굴이 새빨개지다 못해 터질 것만 같았다. 올라가자, 올라가자, 제발!

실패…….

"하아, 하아, 하아."

숨이 차오르고 손바닥이 따끔거렸다. 이거 하나 못해 가지고 어떻게 최정빈을 이길까. 쓰라린 손바닥을 내려다보고 있는데 짝짝짝, 박수 소리가 들렸다. 형이었다.

"들어가라니까!"

신경질이 나서 소리 질렀지만 형은 오히려 내 쪽으로 다가오며 말했다.

"잘하고 있어. 처음에는 매달리는 것조차 힘들지. 그렇게 몇 번을 매달리고 떨어지고, 매달리고 떨어지고. 그러다 보면 어느 순간 몸을 조금씩 들어 올릴 수 있게 되고 횟수를 하나둘 늘여 가는 거지."

귀 언저리가 뜨거워졌다. 아무리 형이 좋게 말해도 형 앞에서 철봉 하나 못했다는 사실이 창피했다.

"그만할래."

"왜? 좀 더 해 보라니까. 도와줄게."

나는 됐다며, 집으로 들어가려 했으나 형은 내 팔을 붙잡고 놓아 주지 않았다.

"이거 놔."

형은 특전사 출신답게 쉽게 포기하는 법이 없었다.

"두 달 더 남았지? 6월에 대회가 있으니까."

"됐어. 신경 꺼."

"충분해, 충분해. 근력운동이 중요한 건 어떻게 알았어? 유산소운동도 결국 근육이 받쳐 줘야 하거든. 먹는 것도 잘 먹어야 해. 그래야 근육이 균형 있게 발달하고 신체 능력이 향상되거든. 운동 계획은 좀 세웠어?"

형이 원래 이렇게 말이 많았나? 하긴 어릴 때는 형이 조잘조잘 이야기를 많이 들려주었다. 학교 다닐 때는 학교 이야기로, 입대했을 때는 군대 이야기로, 소방관이 되고 나서도 소방서에서 있었던 이야기를 곧잘 하던 형이었다. 그때만 해도 나는 형과 이런저런 이야기를 많이 주고받았다.

"다시 한번 해 보자."

형이 말했다.

"손바닥이 아픈 건 굳은살이 생기면 괜찮아지거든. 잘 봐."

형은 철봉에 매달리더니 리듬을 타며 턱걸이를 하기 시작했다. 정말 쉬워 보였다. 힘 안 들이고 쑥쑥 올라가는 형이 새삼 다르게 보였다. 열 개를 순식간에 해치운 형이 바닥에 착지하며 말했다.

"나도 처음에 철봉 하나 하는 데 일주일은 더 걸렸어. 시작할 때는 원래 다 그래. 하나 하고 나면 그때부터는 죽죽 늘어. 물론 중간중간 벽에 부딪치겠지만 일단은 하나부터 하는 거야. 다시 해 볼래?"

"됐다니까."

"아이참. 다시 해 보라니까."

형의 고집이 대단하다는 걸 잊고 있었다. 내가 가족과 대화를 끊고 나서는 형이 내게 고집부리는 걸 그만두었으니까. 그런데 오늘은 웬일로 형이 물러서지 않았다.

"철봉 한번 잡아 볼래?"

못마땅했지만 철봉을 잡았다.

"좋아. 잘했어. 그런데 손 모양을 조금 바꾸자. 손바닥 전체를 사용해서 철봉을 깊숙이 잡아."

형은 손 모양을 고쳐 준 뒤, 내 등에 양손을 갖다 대었다.

"뭐 하는 거야?"

갑작스러운 접촉에 화들짝 놀라 형을 밀어냈다.

"도와주려고 그러는 거야. 밑에서 받쳐 줄 테니까."

형은 내 등의 두 지점을 손가락으로 누르며 덧붙였다.

"여기 견갑골, 날개 뼈 있는 데를 당긴다고 생각하면서 몸을 들어 올려."

기분이 썩 좋지는 않았지만 일단 형이 시키는 대로 해 보기로 했다.

"자, 천천히 끌어 올려 봐."

등과 팔을 이용해 몸을 끌어 올렸다. 팔이 부르르 떨렸다. 하지만 아까보다는 수월했다. 형이 나를 단단히 받치고 있는 게 느껴졌다.

"좋아. 올라가. 호흡 뱉으면서."

형의 목소리에도 힘이 들어가 있었다. 나를 받치느라 안간힘을 쓰는 듯했다.

"팔근육도 같이 써."

형의 잔소리 같은 조언에 따라 팔을 접어 올렸다. 등에도 힘을 잔뜩 실었다. 조금씩 몸이 철봉을 향해 다가갔다.

"이, 이렇게?"

마침내 내 턱이 철봉에 닿았다. 형이 나를 내려 주며 박수 쳤다.

"어때? 할 만하지?"

형이 내 어깨를 주물러 주며 물었다.

"그럭저럭."

"봐. 할 수 있다니까. 이번에는 이 느낌 그대로 혼자 해 볼래?"

"그러지, 뭐……."

왠지 이번에는 혼자 할 수 있을 듯했다.

"할 수 있어, 할 수 있어!"

형의 응원을 받으며 철봉을 꽉 붙들었다. 심호흡을 하고 철봉에 매달렸다. 몸이 앞뒤로 흔들렸다.

"복근에 힘주고. 자세 고정해. 엉덩이 내밀지 말고."

이래라저래라 말이 많은 형이다.

"내가 알아서 할 거야."

그래도 형의 조언을 잊지는 않았다.

자세가 고정되자 나는 깊이 숨을 들이마시며 위를 째려봤다. 파란 하늘에 흘러가는 흰 구름이 보였다. 이를 앙다물고 호흡을 멈추었다. 있는 힘을 모조리 짜내며 힘차게 상승했다. 몸이 수직으로 약 1센티미터는 상승한 듯했다. 확실히 처음보다는 나아졌다.

"좋아. 조금만 더 힘을 줘 봐."

더 힘을 주라니. 안 그래도 팔에 쥐가 날 지경이었지만 더 힘을 주었다. 온몸이 뻣뻣해지면서 얼굴이 뜨거워졌다.

"팔에만 힘주지 말고. 견갑골, 견갑골을 당겨!"

견갑골, 나도 안다고! 말은 누가 못 해? 시끄럽다고 소리치고 싶었지만 거기에 쓸 힘은 남아 있지 않았다. 온몸의 근육은 뻣뻣하게 굳어 갔고 손바닥에는 다시 불이 붙었다.

어찌나 힘을 주었는지 볼살이 부르르 떨렸다. 발을 이리저리 굴리며 허공을 밟았다. 조금씩이지만 내 몸이 철봉을 향해 나아가는 게 느껴졌다. 몸 안의 산소를 모조리 다 썼는지 숨은 점점 더 가빠졌다. 파란 하늘의 구름은 노랗게 변해 갔다.

"가자, 가자. 다 왔어."

형이 소리쳤다. 철봉은 정말로 머리 바로 위에 있었다.

"조금만 더. 조금만 더. 할 수 있어. 할 수 있다!"

철봉이 코앞에 있었다.

"크윽, 큭."

이제 1센티미터만 남았다.

"턱을 봉 위에 올린다고 생각하고."

형의 마지막 외침에 맞추어 턱을 끌어올렸다.

"힘줘. 힘줘. 다 왔어. 다 왔어."

형의 호흡도 가빠졌다. 마지막이다 하는 심정으로 온 힘을 쏟아부었다. 이러다가 진짜 어디 한군데 터지는 게 아닐까 싶을 정도로 몸이 부풀어 올랐다.

마침내, 턱 끝이 철봉 위를 정복했다. 그 순간 힘이 풀려 손을 놓아 버렸다. 나는 밑에 서 있던 형 위로 무너지듯 쓰러졌고, 형은 그런 나를 붙잡아 바닥에 착지시켜 주었다.

"해냈어!"

감격의 외침을 터트리며 형은 나를 꼭 껴안았다. 정신이 하나도 없었다. 턱 끝까지 차오른 숨, 먹먹한 귀, 언제 흘렸는지 모를 땀으로 이마와 등은 흥건했고 손바닥은 119를 불러야 할 정도로 뜨거웠다. 팔은 알통이라도 생겼는지 빵빵해졌다. 나쁘지 않은 느낌이었다.

형이 함박웃음을 지으며 말했다.

"한 번 더 해 보자."

무슨 소리. 나는 그대로 바닥에 드러누웠다. 노랗던 하늘이 다시 파래졌다.

"끝. 더는 못 해."

선배, 철봉도 할 줄 알아요? 우와, 멋지다! 그렇게 말하며 좋아할 윤서의 얼굴이 떠올랐다. 웃음이 나왔다. 배를 살짝 만져 보았다. 단단한 식스팩이 만져지는 것 같았다.

　형은 내가 하는 대회 준비에 철저히 관여하기로 마음먹은 듯했
다. 자기가 무슨 코치라도 되는 양 트레이닝 스케줄까지 짜 주었
으니까. 됐다고 하는데도 막무가내였다. 식스팩도 없으면서 코치
는 무슨 코치냐는 물음에 형은 "지금은 없지"라고 대답하면서도
언제든 만들 수 있다는 자신감을 내비쳤다. 내 식스팩도 자기가
책임진다며.

　"형만 믿어. 식스팩, 까짓것 대회 전까지는 어떻게든 만들어 줄
테니까."

　평소에는 실없어 보이던 형의 웃음이 그렇게 사악하게 보이는
건 처음이었다.

　"요즘은 고등학생들도 과감하더라. 달력 보니까 몸 좋은 애 하

나 있던데?"

"몸 좋기는."

형이 말하는 몸 좋은 애는 정빈이 분명했다. 몸만 좋으면 뭐 하나? 인간이 덜됐는데. 형은 특전사 교관 시절의 악랄함을 발휘하여 새벽부터 나를 깨워 운동을 시켰다. 잘못 맞춰진 휴대폰 알람처럼 잠도 못 자게 들들 볶는 형. 덕분에 나는 몰려오는 졸음을 이기지 못하고 학교에서 엎드려 있기 일쑤였다.

피곤은 동아리 모임에도 따라왔다. 리코더를 불다가도 알이 밴 팔과 다리를 주무르느라 쉬어 가는 나를, 윤서와 제혁이 딱하다는 듯 바라보았다.

"형, 요즘 많이 힘드신가 봐요."

"진짜. 다크서클이 여기까지 내려왔어요."

윤서가 무릎을 가리키며 말했다. 나는 말할 힘도 없어 리코더만 몇 번 삑삑 불다 교실로 돌아와 수업 시간 내내 잠을 청했다. 그렇게 자고 집에 와서 또 자도 새벽 4시 기상은 여전히 힘들었다. 형은 거기에 더해 특별 훈련 일정까지 잡았다. 철인3종경기 실제 코스를 한번 달려 보자는 것이었다.

"한번 경험해 보는 게 중요해. 그래야 앞으로 어떤 식으로 훈련을 하는 게 좋을지 감도 잡히고. 가볍게 하자고."

'가볍게'라는 단어를 저렇게 가볍게 쓰다니.

"이걸 왜 해야 하는데……."

불만을 노골적으로 드러냈지만 아버지와 형은 싱글벙글할 뿐이었다.

"아들. 나는 아들이 철인 대회 나간다는 말을 들었을 때 얼마나 가슴이 벅찼는지 모른다."

아버지는 가슴이 벅차겠지만, 나는 가슴이 답답합니다. 그러거나 말거나 아버지는 자전거 체인에 기름을 치며 콧노래를 불렀다. 우리 학교 철인 대회는 미래호수를 따라 펼쳐진다. 실제 철인 대회 코스보다는 짧다고 하지만 아무 준비도 없이 참가하는 아이들은 완주해 내지 못하는 거리였다. 최정빈 같은 경우에는 이 코스를 다 도는 데 한 시간도 채 걸리지 않는다고 했다.

4월의 호수는 수온이 낮아 수영 연습은 인근 수영장에서 하기로 했다. 달리기와 자전거는 실제 코스를 달려 보기로 했고.

"자유형은 할 줄 알지?"

탈의실에서 수영복으로 갈아입으며 형이 물었다. 배우긴 했지. 배운다고 다 잘하는 건 아니지만. 나는 대답 없이 고개만 끄덕였다. 두 사람이 옷을 다 갈아입을 때까지도 나는 옷을 벗지 않았다. 다른 사람 앞에서 옷 벗는 게 싫었다. 흉측한 다리를 보이는 게 싫었다. 그래서 수영장 다니는 것도 힘들었고, 목욕탕은 더더욱 다니지 않았다. 유일하게 형과 아버지 앞에서만 옷을 벗었는데, 그마저도 중3 겨울방학 이후로 끊고 살았다.

형은 훌떡훌떡 잘만 벗었다. 아버지도 마찬가지였다. 두 사람은 부끄럽지도 않나? 형과 아버지의 몸은 여기저기 상처투성이였다. 불에 덴 곳은 물론이고, 흉이 지거나 바늘로 꿰맨 곳도 군데군데 보였다.

형과 아버지의 몸은 A4 용지를 구겨 놓은 것 같았다. 형은 소방관 달력 모델로 선발되어 육체미를 뽐낸 적도 있지만, 그때는 온몸에 화장을 해 상처를 가렸다. 지금처럼 상처가 드러난 몸으로 사진을 찍었다면 분명 달력은 팔리지 않았을 것이다.

"안 갈아입고 뭐 해? 빨리 가자."

형이 말했다. 두 사람의 몸을 뚫어져라 쳐다보던 나는 이번에는 내 오른쪽 다리를 물끄러미 바라보았다. 정말 벗어도 될까?

"아이참. 뭐 하나니까?"

갑자기 형이 달려들어 웃통부터 벗기기 시작했다. 어릴 때 함께 목욕탕에 갈 때면 형은 항상 내 옷을 벗기려 들었다. 나는 악을 쓰며 발버둥을 쳤지만 결국 형을 이기지 못했다. 하지만 이제는 호락호락하지 않다. 그때에 비하면 나도 힘이 세졌다. 최근에는 운동의 효과인지 몸에 근육도 붙은 듯했다.

"아, 왜 이래. 이거 놔!"

몸부림은 형의 손에 손쉽게 제압되었다. 아버지까지 합세해서 순식간에 내 옷을 벗겼다. 나는 눈 깜짝할 사이에 수영장 한가운데 놓였다. 그때는 이미 상하의 탈의를 끝내고 수영복에 수영모까지 착용한 뒤였다. 다시는 같이 수영장 오나 봐라.

형은 시범을 보여 주겠다며 수영장에 몸을 던졌다. 물속에 잠겨서 영원히 가라앉은 줄 알았던 형은 수영장의 반을 지나서야 모습을 드러냈다. 형에게 25미터 레인은 아동용 욕조에 지나지 않았다. 왕복 일곱 바퀴를 순식간에 끝낸 형은 아버지와 바통 터치를 했고, 아버지는 기다렸다는 듯 물속으로 뛰어들었다.

"아버지, 늦어요. 늦다고요."

형은 허리에 손을 얹고 깔깔거렸고, 아버지는 형의 도발에 화가 났는지 더욱 속도를 높였다. 형만큼이나 빠른 속도로 아버지의 경주가 끝이 났다. 헉헉거리며 물속에서 머리를 드는 아버지를 향해 형이 승리의 미소를 날리며 말했다.

"제가 이겼습니다."

형은 초시계를 아버지의 코앞에 들이댔다.

"한 번 더 해!"

결국 두 사람은 또 한 번 승부를 벌였지만, 역시나 이번에도 형의 승리로 끝이 났다. 아버지는 자신의 주 종목은 사실 자전거라며, 자전거만큼은 절대 지지 않겠다고 승부욕을 불태웠다.

두 사람이 그러는 동안 나는 한쪽에 놓인 의자에 앉아 무료한 시간을 보냈다. 옷을 벗고 있으니 온몸의 털이 바짝 섰다. 오른쪽 다리만 빼고. 구워진 오징어처럼 오그라든 오른쪽 다리의 피부가 보기 싫었다. 나는 오른쪽 다리를 왼 다리 뒤로 밀어 넣었다.

마침내 승부를 끝낸 형이 손짓하며 나를 불렀다.

"이제 네 차례야."

나는 한숨을 쉬며 물안경을 꼈다.

정확하게 한 바퀴 만에 숨을 몰아쉬며 밖으로 나왔다. 그러나 형은 가차 없었다.

"다시 들어가."

교관 시절의 눈빛이 저랬을까. 다시 물속으로 들어갔다. 두 바퀴를 돌자 폐가 몸 밖으로 튀어나올 듯했다.

"아직이야."

세 바퀴째 돌았을 때는 심장이 어찌나 뛰던지 심장마비가 오는 게 아닌가 싶었고, 네 바퀴째는 다리에 쥐가 난 것 같다며 뻥을 쳤지만 형에게 통하지 않았다.

마지막 일곱 바퀴째는 결국 물을 왕창 먹으며 가라앉고 말았다. 죽을 둥 살 둥 기어 나오는 나를, 형과 아버지는 만족한 듯 웃으며 바라보았다.

"잘했어."

자전거 코스로 이동해서는 더 가관이었다. 형과 아버지는 처음부터 열을 올리며 불꽃 튀는 레이스를 펼쳤다.

"주성아, 넌 동생 챙겨야지. 코치해 준다더니 뭐 하는 짓이냐?"

"자전거는 아버지 주 종목이라면서요. 대한이 훈련은 맡겨만 두라고 하신 게 누군데요?"

"그럼 대한이는? 저대로 버려두고 갈 셈이냐?"

"이렇게 하죠. 먼저 1단 고개까지 올라가 대한이를 기다리는 걸로. 거기까지 1차 승부예요."

"그거 좋지."

나를 이끌어 줄 사람을 정하기 위해 눈치 싸움을 벌이던 두 사람은 그렇게 극적인 타결을 하고는 횡 내빼 버렸다.

"짐짝 취급하는 거야, 뭐야."

나는 지지 않으려고 페달을 밟았지만, 이상하게 나와 두 사람 사이는 멀어져만 갔다. 마치 나만 에스컬레이터를 거꾸로 탄 것처럼.

오르막이 본격적으로 시작되자 폐는 산소를 더 달라고 아우성쳤다. 미래호수 뒤편으로 펼쳐진 자전거 코스 중 가장 험난하다는 세 개의 고개, 일명 '3단 고개'. 학생들은 대부분 자전거에서 하차해 끌고 가는 식으로 고개를 넘었다. 하지만 자전거에서 하차하는 순간 1등은 저 멀리 달아나 버리고 만다. 아버지는 어떻게든 이 고개를 빠르게 주파하는 게 좋은 성적을 거두는 지름길이라고 했다.

1단 고개부터 힘들었다. 자전거를 지그재그로 밟아 가며 가까스로 1단 고개 정상에 도착했다. 형과 아버지는 여유롭게 미래호수를 감상하고 있었다.

"왔어?"

형이 손을 흔들었다.

"물 좀 마셔라."

아버지가 물을 건넸다. 말할 힘도 없었다. 아버지가 건넨 물통을 쥐어짜듯 누르며 물을 들이켰다. 살 것 같았다.

이제 겨우 숨 좀 돌리려 할 때였다.

"자, 충분히 쉬었지? 그럼 다시 가 볼까?"

아버지가 말했다.

"몸이 식으면 안 되니까요. 출발하죠."

형이 맞장구를 쳤다. 내가 잠시 기다리라는 말을 꺼내기도 전에 두 사람은 자전거를 출발시켰다.

"가지 마. 가지 말라고!"

쉬지도 못한 채 나는 다시 페달을 밟았다.

2단 고개는 아예 자전거를 끌고 올라갔다. 도무지 자전거를 타고 올라갈 엄두가 나지 않았다. 게다가 이번에도 형과 아버지는 내게 쉴 틈을 주지 않고 출발해 버렸다.

마지막 3단 고개는 자전거를 끌고 올라가는 것조차 힘들었다. 겨우 정상에 올라 자전거를 패대기치고 드러누웠다. 침을 삼킬 때마다 피 맛이 났다. 내가 그러는 동안에도 두 사람은 여유롭게 경치를 구경하고 있었다.

"오랜만에 정상에 오르니 상쾌하네."

"그러니까요. 종종 와요, 아버지."

마지막 코스는 미래호수에서 학교까지 이어지는 마라톤 코스였다. 자전거 경주에서 아버지가 승리하여 두 사람의 현재 스코어는 일 대 일. 두 사람은 마라톤에서 마지막 승부를 내기로 했고, 장거리 달리기 코스를 마치 단거리 뛰듯 주파해 버렸다.

그 뒤를 꾸역꾸역 따라가던 나는 반쯤 달리다 퍼져 버렸다. 다친 오른쪽 다리가 말을 듣지 않았던 것이다. 절뚝거리며 결승점에 도착하자 아버지와 형은 완주한 것을 축하한다며 호들갑을 떨었지만, 기분은 전혀 나아지지 않았다.

이런 실력으로 철인3종경기에 나갔다가는 정빈을 이기기는커녕 여자아이들과 나란히 달리게 될지도 몰랐다. 형은 처음치고는 잘했다며 칭찬했지만 내 귀에는 오히려 빈정거리는 것처럼 들렸다.

"기록 나쁜 거 뻔히 아는데 자꾸 잘했다고 바람 넣지 마."

내가 싸늘하게 말하자 껄껄거리던 형과 아버지의 표정이 순식간에 얼어 버렸다. 허탈한 마음에 온몸의 힘이 탁 풀렸다. 대자로 바닥에 드러누웠다. 삭신이 쑤시고 머리는 어지러웠다. 그 순간에도 정빈의 모습이 어른거렸다. 놈이 눈앞에서 나를 비웃는 것만 같았다.

* * *

운동 후 섭취하는 단백질은 근육으로 만들어져 운동 기능을 향상시켜 준다. 형의 말이었다.

"특히 가슴살은 단백질 덩어리라고 할 수 있지."

그러면서 형은 닭 껍질 튀김만 몇 개 골라 먹었다. 퍽퍽 살은 죄다 내게 내밀며.

"그러는 형은 왜 퍽퍽 살 안 먹어?"

퍽퍽 살을 한 입 베어 물며 묻자, 형은 말도 안 되는 논리를 펼쳤다.

"내 몸에는 근육이 워낙 많아서 더 만들면 큰일 나."

"아이고, 근육 많아서 참 좋으시겠어요."

말은 비꼬듯 했지만 나는 형이 하라는 대로 퍽퍽 살을 열심히 먹었다. 운동과 관련해서는 형의 말을 듣는 게 좋을 듯했다. 어쨌거나 형은 운동에 일가견이 있으니까.

"퍽퍽 살 먹기 싫으면 놔둬. 엄마가 먹을게."

엄마가 닭 한 마리를 더 튀겨 오며 말했다. 엄마는 내 그릇과 형 그릇에 닭다리 하나씩 올려 주었다. "여보, 나는?" 하며 입을 내미는 아버지에게는 닭 날개를 물려 주었다.

"아, 뜨거. 입천장 다 까지겠네. 뜨거운 걸 주면 어떻게 해!"

아버지가 소리를 지르자 엄마도 질세라 소리를 질렀다.

"여태껏 놀다 왔으면서 일할 생각은 안 하고, 앉아서 이것 달라 저것 달라. 아주 상전이 나셨어."

그 말에 아버지의 기세가 눈에 띄게 사그라들었다.

"그야, 우리 대한이 연습 때문에 그런 거지 내가 놀고 싶어서 그랬나? 아, 그리고 여보. 닭 날개를 서방한테 주면 어떻게 해. 날개 먹으면 바람난다는데."

아버지가 오른쪽 눈을 찡긋하자, 엄마는 소금을 탁 내려놓으며 말했다.

"소금 찍어 먹어. 짠내 맡고 오던 여자들 싹 달아나게. 나나 되니까 소방관 남편 데리고 살지 누가 좋아한다고. 헛소리 그만하고 설거지나 좀 해. 주방에 잔뜩 쌓였으니까."

"맡겨 둬. 물 쓰는 일은 내가 좀 하잖아."

아버지는 닭 날개를 한 입에 쏙 발라먹고는 주방으로 달려갔다. 엄마는 내 앞에 앉아 치킨 무를 포크로 콕 찍었다.

"엄마는 이상하게 치킨 무가 맛있더라. 안 그래?"

엄마의 시선으로 보아 대답을 바라는 사람은 나임이 틀림없었다. 엄마와도 필요 이상의 대화를 나누지 않게 된 지 꽤 됐다. 무슨 말을 어떻게 해야 할지 몰랐다.

"응" 하고 짧게 대답했지만 엄마는 개의치 않는 듯 말을 계속 이어갔다.

"치킨 무 이게 몸에 별로 안 좋대. 그래도 뭐, 맛있으니까."

엄마는 치킨 무를 하나 더 찍어 먹었다. 그러면서 뭐가 우스운지 큭 하고 웃음 참는 소리를 냈다.

"엄마 어릴 때 말이지. 할머니가 닭 한 마리 시켜 주시면 아주 전쟁이 났다니까. 언니들은 서로 먹겠다고 싸우지, 동생들은 울면서 먹고 싶다고 난리지. 엄마한테 돌아오는 건 이 치킨 무밖에 없었어. 치킨 무는 그나마 찬밥 신세니까. 그래서 치킨 무를 그렇게 먹었더랬지. 질릴 만도 한데 엄마는 이게 맛있었어. 왜 그런지는 몰라."

형제자매가 많은 엄마는 언제나 북적대는 집에서 사랑을 듬뿍 받고 자랐다고 했다. 그런 엄마가 내 마음을 이해할 수 있을까.

"시간이 지나면 다 똑같아. 봐, 이젠 엄마도 엄마 아빠가 안 계시잖아. 다 돌아가셨으니까."

1년 전 홀로 계시던 외할머니가 돌아가시고 엄마가 내게 했던 말이다. 진실이 가한 폭력으로 내 삶이 뿌리째 뽑혀 버린 그날 이후, 한동안 대화가 없던 엄마가 나에게 건넨 말이었다.

애초에 없는 것하고 있다가 없는 것하고, 어느 것이 더 상실감이 크겠냐. 있다가 없는 것이 더 크다. 그러니까 애초에 없는 것도 나쁘지 않다. 그러니 너무 원망하지는 마라. 운명이겠거니 해야지, 뭐 어쩌겠느냐. 게다가 대체제도 있고.

엄마는 자신이 내 생모의 대체제임을 강조하고 싶은 모양이었다. 묻고 싶었다. 배고파질 게 뻔한데 뭐 하러 먹느냐고, 잠 올 게 뻔한데 뭐 하러 일어나느냐고. 어차피 다 죽기 마련인데 왜 사느냐고. 대체제. 그래, 대체제가 있다는 것은 불행 중 다행이라 할 수 있다. 너보다 더한 사람도 사는데 너는 왜 그러냐는 충고도 어떻게 보면 맞는 말이었다.

다만, 위로가 되지는 않았다. 마음대로 되지 않는 게 딱 하나 있다면 그것은 내 마음이었다. 어떠한 위로의 말도 어떠한 격려의 몸짓도, 내게는 끝이 묶이지 않은 동아줄에 불과했다. 허우적대던 나는 그것을 단단히 붙잡았지만, 그것마저 나와 함께 아래로 아래로 추락해 버렸다. 운명이라는 놈은 베토벤에게는 청력 상실을, 내게는 풀려 버린 동아줄을 내려 준 것이다.

추락하는 것은 날개가 없다고 했던가. 당연한 말이다. 날개가 있었다면 추락하지 않았겠지. 부모라는 날개가 꺾여 버린 나는 추락하는 것 말고는 할 수 있는 게 아무것도 없었다. 추락의 끝이 어디가 될지 알 수 없지만, 분명한 건 아직도 추락 중이라는 것이다. 엄마의 눈을 들여다보면 알 수 있다. 엄마의 눈은 슬펐고, 나는 그 눈이 싫었다.

엄마가 무를 하나 더 먹었다. 나도 무를 하나 먹었다. 튀김옷만 주워 먹던 형은 밥솥에서 흰밥을 한 대접 퍼 와 거기에 고추장, 참기름, 먹다 남은 나물을 넣고 슥슥 비비기 시작했다. 적어도 밥공기 두 그릇은 넘어 보이는 양이었다. 엄마가 놀란 눈을 하고 말했다.

"와, 우리 큰아들. 요새 먹성이 장난이 아니네? 턱살 오른 거 좀 봐. 대한이 식스팩 만들어 준다더니 너부터 만들어야 하는 거 아니야?"

"아이, 엄마도 참. 이 정도론 살 안 쪄요. 내가 턱살이 어디 있다고."

형은 포동포동 살이 오른 두 뺨에 양손을 갖다 대 꽃받침을 만들었다. 엄마는 못 볼 걸 봤다며 혀를 내둘렀다.

"동생 식스팩 만들어 줄 게 아니라 네 식스팩부터 만들어야 하는 거 아니야?"

"이 안에 식스팩 있어요."

형은 잘 비빈 밥을 한 숟가락 입 안에 밀어 넣으며 자기 배를 통통 두드렸다.

"마음만 먹으면 금방 빼요. 걱정 마세요."

"하긴 뭐. 근육 빵빵맨이었을 때보단 지금이 더 귀여운 것 같기도 해. 토실토실 곰이나 돼지처럼. 근육만 너무 많은 거, 별로야."

"에이, 무슨 곰, 돼지에 비유를 해요."

형은 밥풀을 튀기며 자기 이두박근에 힘을 주어 보였다. 형의 팔뚝은 확실히 두께감은 있으나 그게 근육인지 살인지 분간하기는 어려웠다. 그나저나 나는 엄마 말에 의문이 생겼다.

"엄마, 근육 많은 게 별로야?"

"응. 별로지."

그 말은 내겐 좀 충격이었다.

"왜?"

엄마는 잠시 생각하는 듯하더니 포크로 허공에 원을 그리며 말했다.

"뭐든 너무 과한 건 좀 그렇지?"

"에이, 말도 안 돼."

형은 그럴 리가 없다고 했지만, 엄마는 반론을 펼쳤다.

"말도 안 되긴. 과유불급이라는 말도 있잖아."

"그럼 아빠는? 아빠도 근육 있었잖아. 지금은 없지만."

"아빠는 우락부락하지 않았어. 지금과는 다르게 탄력 있고 마른 몸매였지."

"아이돌처럼?"

고민하던 엄마가 입을 열었다.

"외모는 닮았다고 할 수 없지만 몸매는 그렇다고 볼 수 있지?"

정빈의 식스팩이 떠올랐다.

"여자들은 그런 몸매를 좋아하나? 슬림하고 탄탄한."

내 물음에 답한 건 형이었다.

"그건 말라비틀어진 거지 근육이 아니에요. 자고로 근육은 크고 두꺼워야지."

형이 이해할 수 없다는 듯 고개를 젓자, 엄마 또한 혀를 차며 답답해했다.

"주성아, 넌 다 좋은데 근육에 너무 자부심을 갖고 있어. 여자 중에는 곰돌이처럼 푸근한 몸매를 좋아하는 사람도 있단 말이야."

"나처럼?"

설거지를 마친 아버지가 뱃살을 출렁거리며 엄마 곁으로 다가왔다. 엄마는 아버지를 위아래로 훑으며 말했다.

"뭐, 사람에 따라 다르지만. 어쨌든 남자를 고르는 데 몸매는 그리 큰 영향을 미치지 않아."

엄마의 대답에 또 궁금한 게 생겼다.

"그럼 비쩍 마른 남자는?"

"에이, 그건 아니다!"

아버지와 형이 동시에 소리쳤다.

"남자는 근육이 좀 있어야지."

아버지가 알통을 드러냈다.

"달걀 가지고 되겠어요? 타조알은 돼야지."

형이 이두박근을 자랑했다.

"대한아, 걱정 마. 형이랑 운동하면 너도 금방 타조알 된다."

"네가 타조알은 무슨. 기껏해야 오리알 정도 되겠구만."

또 형과 아버지가 티격태격하려는 찰나였다.

"두 사람 다 그만!"

엄마가 소리쳤다.

"철없는 소리 그만들 하세요."

두 사람을 한 방에 저지한 엄마는 내게 부드러운 목소리로 말했다.

"외모가 뭐가 중요하겠니. 나한테 잘해 주는 따뜻한 남자면 되는 거지."

일순 엄마의 눈빛이 달라졌다.

"근데 그건 왜? 혹시 좋아하는 애라도 생겼어?"

엄마가 떠보듯이 묻자 아버지와 형도 눈을 동그랗게 뜨고 나를 쳐다보았다. 그 순간, 왜 윤서의 얼굴이 떠올랐을까. 까무잡잡하고 쌍꺼풀이 진한 윤서의 얼굴이, 동그랗고 까만 눈동자가 나를 보며 싱긋 웃었다. 얼굴이 화끈거렸다.

"아, 아니!"

세차게 도리질을 친다는 것이 그만 콜라가 든 컵까지 엎지르고 말았다. 한바탕 소란이 일었고 아버지는 급히 행주를 가져와 식탁을 훔쳤다. 형은 빈 컵에 다시 콜라를 따르며 입맛을 다셨다.

"좋다 말았네. 우리 동생도 이제 남자가 되나 했더니."

형은 아쉬운 표정으로 콜라를 마셨고,

"고등학생이 무슨 여자 친구야. 아직은 이르지."

아버지는 꼰대 같은 소리를 늘어놓았으며,

"당신도 나 고등학교 때 만났잖아."

엄마는 아버지를 무안하게 만들어 다시 주방으로 돌려보냈다.

"중요한 건 말이지."

엄마는 또 하나의 치킨 무를 포크로 찍으며 말했다.

"먼저 찍고 보는 거야. 좋으면 좋다고 말해 볼 수 있잖아. 그리고 마음을 다해 잘해 주는 거지."

"그러다가 그쪽에서 싫다고 하면?"

"그때는 어쩔 수 없고. 사랑이라는 게 그런 거잖아. 운명적인 거니까."

운명이라. 나는 그 운명이라는 놈하고는 사이가 좋지 않은데.

"그런데 누구야? 엄마한테만 좀 말해 주면 안 돼?"

엄마는 몹시 궁금하다는 표정으로 나를 바라보았다.

"어, 없다니까. 나 집에 갈래."

방귀 뀐 놈이 성낸다고 했는데, 나는 방귀를 끼지도 않았으면서 성질을 내고 말았다. 형이 닭 좀 더 먹고 가라고 했지만 나는 뒤도 돌아보지 않고 가게 문을 나섰다. 더 있다가는 엄마한테 다 들켜 버릴지도 몰랐다.

"연장 들고 있는 모습이 잘 어울린다."

미간을 잔뜩 찌푸린 채, 윤서는 니퍼로 조화 줄기를 자르고 있었다.

"갑자기 웬 꽃꽂이?"

뭐가 그리 심각한지 윤서는 대꾸도 하지 않았다.

제혁은 윤서 앞에 놓인 것들을 만졌다.

"이게 뭐야?"

윤서가 한쪽 눈썹을 꿈틀대며 짐짓 험악하게 말했다.

"가만 냅두지? 손목 날아가는 수가 있다."

제혁은 이것들이 왜 여기에 있는지 모르겠다는 표정을 지으며 손을 등 뒤로 숨겼다.

"거의 다 됐어."

윤서는 알루미늄 와이어를 성기게 구부려 넣은 커다란 접시에 펜치로 잘라 낸 조화를 이쪽저쪽 꽂았다.

"지금 이 상황, 형은 어떻게 생각해요?"

꽃꽂이에 몰두한 윤서를 가리키며 제혁이 물었다.

하얀 안개꽃과 까무잡잡한 윤서. 묘하게 어울리는 구석이 있었다.

"충격적이지."

제혁이 내 말에 동의를 했다.

"내 말이 그 말이에요. 장윤서가 꽃꽂이라니. 이런 취미가 있는 줄 몰랐네요……."

순간, 윤서가 제혁의 코밑에 펜치를 들이밀었다.

"내가 뭐!"

윤서가 씩씩거렸다.

"누군 잘만 어울린다고 하던데. 아무튼 우리 동아리 남자들은 매너가 없어요, 매너가."

윤서는 분홍색 꽃의 가지를 슥슥 다듬더니 안개꽃 가운데에 꽂아 넣었다.

"다 됐다."

그러면서 환하게 웃는 윤서의 모습은…… 솔직히 예뻤다.

"어때요?"

윤서가 꼿꼿이 접시를 들고 뿌듯한 표정으로 묻더니 그것을 동아리실 창가에 올려놓으려 했다. 나는 손을 내저으며 윤서를 말렸다.

"됐어. 그냥 집에 가져가."

"그래. 청소하는 데 방해된단 말이야."

제혁도 싫은 소리를 했다. 윤서의 표정이 딱딱하게 굳었다.

"진짜 다들 너무하네. 고맙다고 인사는 못할망정."

윤서는 꽃 접시와 꽃꽂이 도구를 커다란 봉투에 쓸어 담더니 가방을 둘러맸다.

"어디 가? 연습은 하고 가야지."

"빈정 상해서 연습할 기분 아니네요."

토라진 윤서를 달래려 미안하다고 사과해 봤지만, 연습하기 싫은 이유가 꼭 빈정이 상해서만은 아닌 듯했다.

"중간평가도 끝났는데 놀아야죠. 연습은 무슨 연습이에요."

그렇다. 오늘로서 중간평가 기간이 끝났다. 얼마든지 해이해질 수 있는 타이밍이다.

"중간평가 대비하라고 일주일이나 동아리 연습 빼 줬잖아. 이제 슬슬 축제 준비해야지."

5월에 있을 축제는 다른 학교 아이들도 많이 보러 오기에 더욱 열심히 준비해야 했다. 두 사람의 연주 실력은 아직 한참 부족했다. 일분일초가 아까운 이때에 연습을 빼먹겠다니, 어림없는 말씀.

"롱턴 연습은 했어? 하루에 10분만 시간 내서 하라고 했잖아."

제혁이 번쩍 손을 들었다.

"했습니다."

제혁에게 고개를 끄덕여 주고, 윤서를 보았다.

"너는?"

윤서는 입만 오물거릴 뿐이었다. 대답을 재촉하는 눈빛으로 빤히 쳐다보자, 윤서가 신경질을 부렸다.

"아이, 지겨워요. 롱턴인지 뭔지."

뻔하지. 안 했네. 선생님들이 숙제 좀 안 해 온 것 가지고 화를 낼때면 뭘 그렇게 화를 내나 생각했는데, 그 이유를 이제야 알 것 같다.

"기본적인 것도 안 하면서 또 놀자고?"

내가 언성을 조금 높였다고 윤서는 금세 뽀로통한 표정을 지었다. 그것이 못마땅하여 또 폭풍 잔소리를 늘어놓고 말았다.

"연습만이 살 길이라고 그렇게 얘기했잖아. 윤서 너. 금요일마다 연습 빠지는 것도 허락해 줬지. 시험기간이라고 연습 빠지는 것도 허락해 줬지. 내가 언제 큰 거 바랐어? 하루에 딱 10분이야."

이상하게 잔소리는 한번 시작하면 끝맺기가 힘들다.

"고작 그것도 못 해? 호흡은 악기 하는 사람에게 생명과도 같아. 노래를 하든 악기를 하든 다 마찬가지야. 호흡 달리면 음악을 제대로 표현할 수가 없다고. 숨 못 쉬면 그대로 죽는 거야, 알아?"

한바탕 쏟아 내자 화는 조금 풀렸으나 동아리실 분위기는 냉랭

해졌다. 윤서는 풀이 죽은 얼굴로 어깨를 축 늘어뜨렸고, 제혁도 내 눈치를 살폈다. 너무했나? 이거 참, 난감하군.

정적을 깬 것은 윤서의 어이없는 말 한마디였다.

"노래방 가요."

"뭐? 내가 그렇게 얘기했는데!"

윤서가 입을 비쭉 내밀며 말했다.

"그렇게 호흡이 중요하면 노래방 한번 가자고요. 만날 이런 좁은 데 틀어박혀서 리코더만 불려니까 답답해서 그래요. 밖을 봐요. 벚 꽃도 얼마나 예쁘게 폈는데."

제혁이 이의를 제기했다.

"벚꽃이랑 노래방이랑 무슨 상관?"

"말이 그렇다는 거지. 노래를 하든 악기를 하든 마찬가지라면서 요. 노래 연습 하면 호흡도 길어질 거 아니에요. 그럼 리코더 부는 데도 도움이 되겠죠."

"오, 그거 왠지 설득력 있다?"

제혁도 기대에 찬 눈으로 나를 보았다. 잠시 고민을 했다. 이 시 국에 노래방이라……. 그러나 두 사람의 간절한 눈빛을 도무지 거 부할 수 없었다. 잔소리한 게 미안하기도 하고. 할 수 없군.

"알았어. 가."

윤서와 제혁이 뛸 듯이 기뻐했다.

윤서는 아는 노래방이 있다고 했다.

"여기 근처였는데……."

그러면서 노래방을 찾아 같은 곳을 몇 바퀴째 헤맸다.

"아무 데나 가자."

제혁이 지쳐서 말했지만, 윤서는 고개를 저었다.

"거기 방이 예쁘단 말이야. 카펫 깔려 있고 슬리퍼도 핑크핑크하고. 푹신한 곰돌이 쿠션도 있다고."

마이크 잡고 소리만 지르면 됐지, 무슨 카펫이니, 핑크니. 이해할 수 없었다. 그렇게 아까 보았던 햇살슈퍼를 네 번째 지나는 길이었다.

"김제혁!"

누군가의 목소리에 제혁이 먼저 우뚝 섰다. 나와 윤서도 멈춰 서서 뒤를 돌아보았다. 인근 학교 교복을 입은 학생 세 명이 이쪽으로 다가왔다. 가운데에 선, 키가 작고 파마를 요란하게 한 남자 아이가 제혁을 보며 히죽거렸다.

"와, 김제혁 오랜만이네. 너 미래고 갔구나? 왜 얘기 안 했어?"

제혁의 중학교 친구인가? 나머지 두 사람은 제혁과 친분이 없는지 휴대폰만 들여다보고 있었다.

"석주야, 잘 지냈어?"

하하 웃는 제혁의 모습이 왠지 어색해 보였다.

"잘 지내긴. 네가 없는데 어떻게 잘 지내냐? 너만 어떻게 미래고로 싹 빠졌네. 우리 애들 다 새물고로 왔는데."

"아…… 그러니까 말이야."

석주라는 아이는 제혁의 어깨에 팔을 턱 걸치더니 제혁의 볼을 꼬집었다.

"요 귀요미. 영원한 내 애완제혁일 줄 알았는데."

녀석이 나와 윤서를 힐끗 쳐다보았다.

"벌써 딴 주인 생긴 거야?"

"따, 딴 주인이라니!"

제혁은 몹시 당황하는 기색이었다.

"근데 저 새까만 여자애는 뭐야? 쟤도 니 주인이야?"

"뭐? 새까만 여자애?"

윤서가 인상을 팍 구기며 한마디 하려는 찰나였다.

"아, 아니야, 그런 거!"

제혁이 펄쩍 뛰며 손을 가로저었다. 제혁은 석주에게 잠시만 기다려 달라고 한 뒤 우리를 데리고 그 아이들에게서 멀찌감치 떨어졌다.

"죄송한데 먼저 들어가 계세요. 오랜만에 중학교 친구를 만났더니 할 말이 좀 많네요. 그, 금방 따라 들어갈게요."

얼굴이 새빨개진 제혁은 어쩔 줄 몰라 했다.

"야, 쟤 뭐야?"

열이 오른 윤서가 따지듯 물었다.

"미안해. 쟤가 원래 장난이 심해. 내가 대신 사과할게."

"아무리 그래도 그렇지—"

더 쏘아붙이려 듯 말을 장전하는 윤서를 말리려고 가방을 슬며시 잡아끌었다. 불만이 가득 찬 윤서의 얼굴. 나는 눈짓으로 그만 좀 하라고 타일렀다. 그제야 윤서는 씩씩거리던 콧김을 가라앉히고 발길을 돌렸다. 무슨 일인지는 모르겠지만, 제혁은 우리가 끼어드는 걸 몹시 난감해하는 듯했다.

"먼저 가 있을 테니까, 얼른 따라와."

"네……."

제혁은 우리가 멀어지는 모습을 조금 지켜보다가 서둘러 석주에게로 달려갔다.

노래방을 겨우 찾았다. 윤서는 아직도 분이 안 풀렸는지 씩씩거리고 있었다. 나는? 윤서랑 둘만 있게 되니 어색해서 말도 꺼내기 힘들었다.

"재수 없는 자식. 뭐? 새까만 여자애? 지는 난쟁이 똥자루만 한 게 어디서 남의 외모를 지적해?"

윤서는 마이크에 대고 난쟁이 똥자루를 세 번 연속 외쳤다.

"그 자식 제혁이 보고도 애완 어쩌고저쩌고 그랬죠?"

"중학교 때 별명이었나 보지, 뭐."

대충 짐작이 갔다. 제혁이 중학교 때 어떤 아이였을지. 친구들의 놀림과 괴롭힘을 받는, 약해 보이고 뒤떨어진 아이. 해맑은 제혁이었기에 그런 아픔이 있을 줄은 몰랐다. 윤서는 화풀이라도 하듯 숫자 버튼을 꾹꾹 눌렀다.

"아우, 진짜. 소리나 실컷 질러야 속이 풀리지."

그렇게 열을 내던 윤서는 지금 분위기와는 전혀 어울리지 않는 노래를 선택했다. 전주부터가 달콤하고 부드러운 선율로 가득 찼다. 마이크를 쥔 윤서의 표정이 사뭇 진지하게 변했다. 조명이 어둡게 변하고 천장 위의 미러볼이 은은하게 돌아갔다.

촉촉한 멜로디 때문일까, 아니면 은은한 조명 때문일까. 그것도 아니면 좁은 방 안에 윤서와 단둘이 있다는 사실 때문일까. 기분이 이상했다. 여자애랑 단둘이 노래방에 있어 보기는 처음이었다. 가슴이 두근거렸다.

이윽고 윤서의 목소리가 반주를 타고 흘러나왔다.

"우주 저 너머에 있어도, 너를 찾아갈 거야."

윤서다운 선곡이었다. 우주를 모두 준다 해도 너와 바꿀 수 없다는 의미의 가사가 이어졌다. 윤서의 목소리는 속삭이는 듯했다. 듣고 있으니 귀가 간지러웠다. 아니, 마음이 간지러웠다고 하는 게 맞을 것이다.

화면의 가사를 읽는 윤서의 눈을 가만히 들여다보았다. 까만 눈동자에 빛이 반사되어 반짝거렸다. 오물조물 움직이는 입술이 사랑 노래를 불렀다. 그럴 리 없다는 걸 알지만, 왠지 윤서가 부르는 이 노래가 나를 위한 것만 같았다. 노래가 끝날 때까지 윤서만 멍하니 쳐다보다가 반주가 끝나자 서둘러 고개를 돌렸다.

"선배도 해요."

윤서가 마이크를 내밀었다.

"어? 어……."

괜히 나 혼자 어색해져 헛기침을 했다. 잠시 침묵이 흘렀다. 윤서는 열심히 다음 곡을 고르고 있었다. 물끄러미 그 모습을 바라보다가 그만 이렇게 물었다.

"방금 노래…… 가사가 특이하다?"

"가사 좋죠? 제일 좋아하는 곡이에요."

"우주 이야기라서?"

"네."

윤서가 방긋 웃었다.

"선배, 그거 알아요? 다음 달에 역대급 우주 쇼가 펼쳐진다는 거."

"우주 쇼?"

"별똥별이 어마어마하게 쏟아진대요. 수도권에서도 관측이 가능할 거라는데 완전 기대 중."

"별똥별이 뭐 그리 대단하다고. 하늘에서 떨어지는 돌멩이일 뿐이잖아."

윤서는 그리 말하면 섭섭하다며 미간을 좁혔다.

"자그마치 우주에서 떨어지는 돌이라고요. 혹시 알아요? 그 별을 타고 내 님이 올지."

"내 님은 무슨."

여기에도 괜찮은 남자가…… 아, 내가 무슨 소리를.

"치. 고전적으로라도 접근해 볼 수 있잖아요. 별똥별 떨어질 때 소원 빌면 이뤄진다는데."

"다 미신이야."

"에이, 재미없어."

윤서는 피이, 바람 빠지는 소리를 내며 다음 선곡을 하기 위해 리모컨으로 검색했다. 나는 윤서의 말을 되뇌어 보았다. 별똥별이라.

"그게 언젠데?"

"네?"

"별똥별 말이야. 언제 떨어지냐고."

"이거 봐. 선배도 관심 있구나?"

윤서가 웃으며 날짜를 얘기해 주었고, 나는 그만 헛웃음을 보이고 말았다.

"왜 웃어요? 별똥별 자꾸 비웃는 거예요?"

윤서가 눈을 샐쭉 떴다.

"그게…… 아니야. 몰라도 돼."

"왜요. 뭔데요!"

잠시 망설이다 입을 열었다.

"사실, 그날 내 생일이야."

"우와, 진짜요? 신기하다."

윤서는 폰에 알람을 저장하며 말했다.

"내가 그날 꼭 생일 축하해 줄게요. 소원도 빌어 주고. 어때요? 고맙죠?"

해맑게 웃는 윤서를 보고 있으니 나도 웃음이 나왔다. 윤서 따라 노래방 오길 잘했다는 생각도 들었고.

"네, 고맙네요."

다시 한번 윤서가 말해 준 날짜를 폰으로 확인했다. 확실했다. 우주 쇼가 벌어진다는 그날은 내 생일이다.

그리고 그날은, 친엄마의 기일이기도 하다.

*　*　*

"형, 이 정도면 돼요?"

제혁이 나를 불렀다.

"어?"

무슨 말이냐는 표정을 짓자 제혁은 한숨을 쉬며 리코더를 쥐고 흔들었다.

"방금 연주한 거요. 한번 들어 보겠다고 하셨잖아요."

음정이 불안한 것 같다며 제혁에게 연습 과제를 내준 참이었다.

제혁은 그날, 늦게 노래방에 나타났다. 무슨 일이냐고 물었지만 별거 아니라고 얼버무리기만 했다. 그게 끝이었다. 제혁은 아무것도 묻지 말라는 양 행동했고, 나와 윤서는 그렇게 해 주었다. 묻지 말라는데 꼬치꼬치 캐물어서 좋을 게 뭐가 있나. 나 또한 누가 나한테 이것저것 물으면 싫으니까.

"미안. 딴생각 좀 하느라. 다시 한번 해 볼래?"

제혁은 불만스러운 표정을 지었지만 알았다며 다시 리코더를 입에 물었다. 제혁의 리코더 연주가 다시 시작됐지만 이번에도 내 신경은 온통 창밖으로 향하고 말았다. 1층 현관 앞에서 정빈과 윤서가 시시덕거리는 모습이 눈에 들어왔다. 언제까지 저러고 있을 작정이야?

점심 먹자마자 동아리실로 달려오라고 했다. 누구는 축제 준비와 철인 대회 준비로 몸이 두 개라도 모자랄 지경인데 윤서는 옆집 남정네 앞에서 웃고 떠들고 있었다. 속이 부글부글 끓었다.

노래방을 다녀온 뒤로 이상하게 문득문득 윤서 생각이 났다. 노래 부르는 모습, 까르르 웃는 모습, 허겁지겁 떡볶이를 먹는 모습.

나도 내가 왜 이러는지 모르겠지만 사랑은 아니라고 생각한다. 그저 뺀질거리는 신입생이 못마땅해서 그러는 거다. 그래, 그런 거다.

오늘도 마찬가지였다. 연습 시간이 지났는데도 나타나지 않는 윤서가 신경 쓰여 창밖을 내다보고 있는데 윤서가 모습을 드러냈다. 빨리 올라오라고 소리치려는 찰나, 정빈이 윤서와 함께 있다는 사실을 알아챘다. 두 사람은 한참을 저 앞에서 수다를 떨고 있었다.

웃음꽃을 피우던 윤서와 정빈은 점심시간이 끝날 때쯤에야 헤어졌다. 정빈은 본관으로 돌아갔고 윤서는 동아리실로 올라왔다.

"안녕하세요오."

날아갈 듯 기분이 좋아 보이는 윤서였다.

"늦었네?"

제혁이 말했다.

"운동 좀 하느라."

윤서가 달리기하는 포즈를 취했다.

"틈틈이 운동을 해 줘야지. 책상 앞에만 앉아 있으면 못써."

윤서가 폴짝거리며 뜀뛰기를 하는데 땀 냄새가 코끝을 스쳤다.

"오, 너도 철인 대회 나가려고?"

"아니. 속이 더부룩해서."

점심으로 닭죽이 나왔는데 더부룩하기는. 윤서는 연신 싱글벙글하며 말했다.

"선배, 진짜 열심히 연습해야 돼요. 정빈 선배는 실력이 장난이 아니에요. 오늘 달리기하는 것 봤는데 치타가 뛰는 줄 알았다니까요."

"어? 정빈 형이랑 같이 운동했어?"

제혁의 물음에 윤서가 얼굴을 붉혔다.

"달리기하는 거 도와주겠다고 해서."

몸까지 배배 꼬는 윤서였다. 최정빈 그 자식은 리코더 연습할 시간도 부족한 애를 데리고 무슨 짓을 하는 거야?

"으아, 너 진짜 정빈 형하고?"

"아이, 진짜 무슨 소릴 하는 거야."

제혁의 말에 윤서는 손사래를 치면서도 싫어하진 않았다. 제혁이 깔깔 웃으며 말했다.

"장윤서, 너 그러다 철인 스포츠부로 옮기는 거 아냐? 저번에도 정빈 형이랑 같이 있더니."

제혁이 농담조로 하는 말에 윤서는 웃었지만 나는 가슴이 철렁했다.

"왜? 내가 옮길까 봐 무서워? 그러니까 있을 때 잘해."

"아이고, 여부가 있겠습니까."

제혁은 굽실거리는 시늉을 했다. 문제는 나였다. 이상하게 속이 배배 꼬이는 것 같더니 결국은 이렇게 말하고 말았다.

"가든 말든 누가 잡는다고. 필요 없으니까 가 버려."

윤서가 당장 발끈했다.

"우 씨, 진짜! 말 좀 예쁘게 해요. 나 진짜 가 버린다? 알통 봐요. 팔씨름도 얼마나 잘하는데. 정빈 선배가 인정했다고."

윤서는 팔뚝을 걷더니 알통을 자랑하며 말했다.

"알통은 무슨…… 꼭 마른 장작때기 같은데."

"뭐요? 마른 장작때기?"

분위기가 험악해지자 제혁이 얼른 끼어들었다.

"설마 너, 정빈 형이랑 팔씨름도 했어?"

"응."

윤서는 금세 조신해져서 대답했다.

"손잡은 거야? 우와, 소원 성취했네?"

"에이, 뭐 그런 건 아니고…… 아까 잠깐 운동하다가. 정빈 선배가 해 보자고 해서."

정빈 선배, 정빈 선배. 말끝마다 그놈 이름 좀 안 부르면 안 되나? 배시시 웃는 꼴은 또 어쩌나 보기 싫은지 나는 그만 들고 있던 악보를 윤서에게 집어 던지고 말았다.

악보가 윤서의 몸에 맞고 바닥에 떨어졌다. 나도 모르게 나온 행동이라 당황스러웠지만 애써 아무렇지 않은 척했다.

"그거 다 연습하고 가."

"으휴, 진짜 못됐어."

윤서는 눈을 부라리며 입술을 씰룩거리더니 악보를 주웠다. 악보를 확인한 윤서는 경악하는 표정을 지었다.

"이걸 언제 다 해요. 너무 많다고요."

"제혁이는 다 했어."

"안 돼요. 못 해요."

윤서가 악보를 책상 위에 던져 놓았다.

"왜 못 해? 축제 한 달도 안 남았어. 아무 준비도 없이 나가고 싶어?"

"그건 아니지만……. 오늘만 좀 봐줘요."

윤서가 콧소리를 내며 아양을 떨었다. 또 심장이 쿵쾅거렸다. 솔직히 거기까지만 했으면 정말로 봐줄 생각이었다.

"정빈 선배가 같이 운동하자는데 그럼 어떡해요. 싫다고 할 수는 없잖아요."

순간 심장은 또 다른 의미로 빠르게 뛰었다. 동아리 연습은 빠져도 최정빈과 함께하는 운동은 못 빠지겠다 이거지?

"안 돼. 무슨 일이 있어도 다 하고 가."

억지인 걸 알지만 참을 수가 없었다. 윤서의 표정은 금세 울상이 됐다.

"수업 들어가야 하는데 이걸 언제 하고 가라고요. 오늘만 좀 봐달라니까."

"수업이고 뭐고 다 필요 없어."

"아니, 선배가 선생님이에요? 나 벌점 받으면 어쩌라고요!"

"그건 네 사정이고. 그러게 누가 운동하래? 내가 밥 먹자마자 바로 올라오라고 그랬잖아. 난 몰라. 벌점을 받든 말든 오늘은 이거 다 하고 가."

말이 너무 심했나. 윤서의 얼굴이 달아오르더니 눈가가 촉촉해지기 시작했다.

"아침 먹은 게 소화가 잘 안 돼서. 점심도 안 들어가고……. 그래서 운동 좀 한 거라고요."

제혁은 너무했다는 눈길로 나를 바라보았다. 내가 알고 그랬냐? 나도 몰랐다고. 분위기를 바꿔 보려는 듯 제혁이 박수를 치며 말했다.

"그럼 이렇게 해요. 윤서가 팔씨름을 잘한다고 하니까 공평하게 두 사람 팔씨름 한판 해요. 팔씨름해서 이긴 사람 뜻대로 하는 거예요. 어때요?"

"싫어."

내가 말했다.

"나도. 대한 선배랑 손잡는 거 싫어."

정빈은 되고 나는 안 된다는 거야 뭐야?

"그러지 말고. 한번 해."

제혁은 그렇게 말하며 내 옆구리를 툭 치더니 작은 목소리로 속삭였다.

"점심도 못 먹었다잖아요. 못 이기는 척 져 주세요. 알았죠? 여자 자존심은 건드리는 거 아니에요."

연애 경험도 없어 보이는 녀석이 그런 말을 하는 게 어이가 없었다. 그래도 어쩌겠는가. 알았다고 고개를 끄덕였고, 윤서도 제혁의 설득에 눈가를 손등으로 닦으며 손을 내밀었다.

책상을 사이에 두고 윤서와 나는 마주 보고 앉았다. 제혁이 심판을 보았다.

"시간 없으니까 단판승이에요. 그럼 이제 손잡으시고."

손을 잡으라고? 침을 꿀꺽 삼켰다. 감전된 것처럼 손 끝이 저려 왔다. 심호흡을 하며 윤서의 손을 잡았다. 보드라운 작은 손이 내 손안으로 파고들었다. 따뜻하고 촉촉했다. 슬쩍 윤서를 바라보았다. 윤서는 무슨 일이 있어도 이기고 말겠다는 표정이었다.

"자, 준비…… 시, 작."

제혁의 시작 소리가 떨어짐과 동시에 윤서가 힘을 주었다. 잠깐 넋을 놓고 있던 나는 당황하여 급히 팔에 힘을 주었다. 윤서는 정말로 손힘이 셌다. 대충 하다가 슬쩍 져 주려 했던 생각이 순식간에 바뀌었다. 있는 힘껏 손아귀에 힘을 실었다.

윤서는 지지 않으려고 악을 썼다. 마른 팔에서 어떻게 그런 힘이 나오는지. 거기다 윤서는 필살기까지 더했다. 일명, 손목 꺾기. 이 기술에 당하면 웬만한 힘을 들여서는 넘길 수가 없다. 엇비슷한 실력에서라면 더욱 힘들다. 그래서 손목 꺾기는 암묵적으로 금지된 기술이기도 하다. 그렇다고 항의할 수도 없는 노릇이고.

하지만 내 팔이 바깥쪽으로 점점 기울어져 나는 제혁에게 도움을 청할 수밖에 없었다.

"심판, 심파안! 이거 반칙이야, 손목 꺾기 반칙이라고!"

윤서는 내가 소리를 지르든 말든 제 갈 길 가겠다는 표정으로 하얗게 질려 가는 내 손을 노려보았다. 제혁은 그냥 져 주라는 눈빛을 보냈지만 나는 그럴 수 없었다.

"이거 완전 반칙이라니까!"

엉덩이를 들고 체중을 손에 실었다. 꺾였던 팔목이 조금씩 제자리를 찾아갔다. 사실 엉덩이 들기 기술이야말로 반칙 중의 반칙이지만 그런 거 따질 때가 아니었다.

윤서는 고통스러운 얼굴로 나를 따라 뒤늦게 엉덩이를 들었지만 때는 이미 늦었다. 나는 남은 힘을 모조리 실어 윤서를 공격했고, 마침내 윤서의 손등은 바닥에 무참히 눌리고 말았다.

감격에 겨워 손을 불끈 위로 들며 소리쳤다.

"이겼어. 이겼다고!"

그러나 좋아하는 사람은 나뿐이었다. 윤서는 분에 찬 눈물인지 서러움에 흘리는 눈물인지 알 수 없지만 끝내 눈물을 보였고, 제혁은 질책하는 눈으로 나를 보며 고개를 저었다.

"내가 뭘!"

수업 시작 종소리가 들렸다. 제혁은 치사하게도 먼저 들어가 보겠다며 동아리실을 빠져나갔다. 남은 우리 둘 사이에는 어색하게 침묵이 흐르는 가운데, 윤서의 흐느끼는 소리만이 간간히 들려올 뿐이었다.

　어제 팔씨름 사건 후, 나는 윤서를 교실로 돌려보냈다. 깜빡하고 잊은 악보를 전하러 뒤늦게 윤서네 교실을 찾았으나 보이지 않았다. 반 아이들이 조퇴했다고 알려 줬기에 망정이지 안 그랬으면 계속 기다릴 뻔했다.

　윤서의 원망하는 눈빛이 떠올라 어제는 뜬눈으로 밤을 새웠다. 팔씨름의 여파인지 팔목도 아프고. 그 핑계를 대고 새벽 운동도 빼먹었다.

　윤서는 오늘도 동아리실에 나타나지 않았다. 물론 어제 일 때문은 아닐 것이다. 오늘은 금요일이니. 윤서는 금요일마다 연습을 빠진다 하지 않았던가. 애써 그렇게 어제 일을 합리화해 보았다.

　제혁은 리코더의 이물질을 빼겠다며 휴지를 작게 말아 청소 막대에 끼운 뒤 리코더를 쑤시고 있었다.

"윤서, 얘는 진짜 욕 좀 먹어야 해. 어제 그 난리를 쳤으면 오늘
은 연습에 참가해야지……."

아픈 팔목을 돌리며 윤서 흉을 봤다.

"너무 그러지 마요. 그러다 윤서, 진짜 나가 버리면 어쩌려고."

"나가면 뭐, 지가 어쩔 건데?"

"어쩌긴요. 애초에 잿밥에 관심 있던 애잖아요. 원하던 바를 이
뤘으니 아쉬울 게 없죠."

"원하던 바?"

제혁은 알면서 뭘 모르는 척하느냐는 표정이었다. 불길한 기분
이 들었다.

"정빈 형이요."

"걔가 왜?"

"윤서랑요."

제혁이 눈을 게슴츠레 뜨며 말했다.

"그렇고 그런 사이 같지 않아요?"

"말 똑바로 해. 무슨 사이?"

제혁이 무슨 소리를 하려는 걸까. 제혁의 한마디 한마디에 신경
이 곤두섰다.

"이상한 소문이 돌더라고요. 정빈 형이랑 윤서랑 금요일마다 같
이 어디론가 사라지는 걸 본 애들이 있어요."

제혁은 부러워 죽겠다는 얼굴로 몸을 비틀었다.

"비밀 데이트인 거죠. 윤서, 요거 요거, 소원 성취했으면서 모르는 척 빼고 있는 거 아닌가 몰라."

키득거리던 제혁이 중얼거렸다.

"둘이 키스는 해 봤으려나?"

나는 들고 있던 악보 파일로 제혁의 머리를 쳤다. 제혁은 아픈 머리를 감싼 채 억울한 눈으로 나를 보았다.

"너는 인마, 말 함부로 하는 거 아니야."

"내가 뭘요."

제혁이 부루퉁한 얼굴로 말했다.

"너, 내가 윤서한테 다 말할 거야."

"아이, 농담 좀 한 거예요. 설마 둘이 사귀겠어요? 다 헛소문일 거예요. 둘은 안 어울려요, 안 어울려."

"당연한 소리."

그러나 이미 내 마음은 번뇌로 가득 차 고통스러웠다. 자꾸만 불길한 상상이 떠올랐다. 정빈과 윤서가 손을 잡는 모습, 키스하는 모습, 더 나아가서는……. 아니, 아니다. 이런 생각 하면 안 돼.

연습에 집중이 안 되어 아프다는 핑계로 가방을 챙겼다.

"먼저 갈게. 동아리실 정리 좀 부탁해."

제혁에게 인사하고 서둘러 동아리실을 나왔다.

발걸음이 이상하게 무거웠다. 집으로 향하던 나는 무턱대고 발길을 돌렸다. 목적지는 윤서가 다니는 문화센터.

어제 전해 주지 못한 악보가 아직 가방에 있었다. 악보를 전해 준다는 핑계로 윤서를 찾아갈 작정이었다. 어제 일은 미안했다고 사과하면 윤서의 마음이 조금은 나아지지 않을까 해서였다.

윤서는 꽃꽂이를 배우고 있다고 했다. 문화센터에 도착해 강의실 창문 틈을 하나하나 들여다보았다. 우쿨렐레, 요리, 자수를 비롯해 방송댄스, 바둑까지 다양한 강좌가 진행되고 있었다. 쫄쫄이 의상을 입는 요가 강좌를 훔쳐봤을 때는 누군가 나를 가리키며 소리를 지르는 바람에 얼른 숨어야 했다. 잘못하다가는 변태로 오해받을지도 모르니까.

그렇게 몇 군데를 더 헤매다 마침내 꽃꽂이 강좌가 진행되는 강의실을 찾았다. 심호흡을 한 번 하고 두근거리는 마음으로 안을 들여다보았다.

정빈과 윤서가 서로를 마주 보며 웃고 있었다. 온몸이 굳어 움직일 수가 없었다. 공기 중에 소리가 사라진 듯 내 숨소리만 거칠게 귓가를 때렸다. 웃고 떠드는 두 사람의 모습에서 눈을 뗄 수가 없었다. 설마설마했는데 정말로 두 사람, 어디론가 함께 사라지는 게 맞았다. 그 밀회의 장소가 바로 이곳이고.

누군가 나를 불렀다. 사람들의 시선이 내게로 쏠렸다. 강사로 보이는 여자 선생님이 활짝 웃으며 이쪽으로 다가왔다.

"어떻게 오셨어요?"

그녀가 문을 열었다.

"꽃꽂이 배우러 오셨어요?"

정빈과 윤서가 동시에 나를 보았다.

"아, 아닙니다."

발길을 돌려 빠르게 걷기 시작했다. 엘리베이터 버튼을 눌렀으나 느긋하게 기다릴 여유는 없었다. 계단을 이용하기 위해 비상구로 향하는데 윤서의 목소리가 들렸다.

"대한 선배!"

걸음이 멈칫했다. 최대한 자연스럽게 보여야 해. 별일 아니라는 듯, 놀랄 것 하나 없다는 듯 가벼운 미소를 얼굴에 머금은 채 천천히 고개를 돌렸다. 그러나 윤서와 정빈의 모습을 보는 순간 내 표정은 차갑게 얼어 버리고 말았다. 두 사람 역시 나처럼 당황한 모양이었다. 표정이 굳은 윤서가 내게로 다가왔다.

"여긴 어떻게……."

할 말이 궁색했다. 마침 가방에 든 악보가 떠올랐다. 서둘러 그것을 꺼내어 내밀었다.

"이거 주려고."

"학교에서 줘도 되는데……."

그것 때문만은 아니야. 미안하다는 말을 하고 싶었어. 속으로만 되뇌었을 뿐 입 밖으로 꺼내지는 못했다. 그때 엘리베이터가 땡 하고 도착을 알렸다.

"갈게."

"잠깐만요!"

발길을 돌리려는데 윤서가 내 팔을 붙잡았다.

"……오해하지 않았으면 좋겠어요."

"오해 안 해. 너 정빈이 좋아하는 거 알고 있었는데 뭘."

윤서가 고개를 저었다. 무엇을 부인하는 걸까. 내가 오해하지 않는다는 걸 못 믿는 걸까, 정빈을 좋아하지 않는다는 걸까.

"잠깐 얘기 좀 해요."

후자였으면 하는 마음으로 윤서의 말에 고개를 끄덕였다.

윤서가 정빈을 만난 것은 중학교 1학년 봄. 학교 뒤편의 화단에서였다. 그때만 해도 정빈은 제혁만큼이나 뚱뚱했다. 놀라운 비밀이었다.

그런 정빈이 화단의 꽃을 가꾸고 있었다.

"절친이랑 싸운 지 얼마 안 돼 혼자 다니던 때였어요. 완전 우울했는데 정빈 선배가 꽃 가꾸는 모습에 웃음이 빵 터진 거예요. 안 어울리잖아요. 뚱뚱한 남자랑 꽃이."

"어째서?"

"꽃은 꽃미남이랑 어울리니까."

"그건 고정관념이지."

"뭐, 그럴지도요."

어깨를 으쓱하며 윤서가 말을 이었다.

윤서는 정빈에게 다가갔고 정빈은 많이 어색해했다. 윤서가 계속 귀찮게 물어보자 그제야 정빈은 이것저것 설명을 시작했다. 그렇게 설명을 시작한 지 한 시간이 지났지만 정빈의 설명은 끝나질 않았고, 결국 두 사람 다 수업에 빠져 선생님한테 호되게 혼이 났다.

나중에 알고 보니 정빈은 외톨이였다고 한다. 그래서 같이 있어주고 싶었다고. 정작 그렇게 친하게 지낸 사이는 아니지만 오며 가며 인사도 하고, 가끔 꽃 이름도 물어보고 그랬단다.

"그때마다 어찌나 설명을 오래하는지 듣는 것만으로도 진이 빠졌어요."

"바보같이. 그걸 왜 다 듣고 있냐? 내가 악보 설명할 때는 듣지도 않으면서."

"그거야 선배는 정빈 선배보다 편하니까. 나 사실 설명 듣는 거 안 좋아해요."

그러면서 미안하다고, 앞으로는 잘 듣겠다며 웃었다.

"정빈 선배는 꽃을 정말 좋아하는 사람이에요. 지금도 동아리실에 꽃을 키우잖아요."

가끔 훔쳐보는 칸막이 너머 철인 스포츠부의 영역에는 싹들이 제법 자라 있었다.

"그랬던 정빈 선배가 2학기가 되더니 확 바뀌었어요. 운동을 엄청 열심히 하더니 살도 빠지고 키도 확 크고."

윤서는 하던 말을 멈추고 잠시 내 눈치를 보았다. 나야 할 말도 없고 해서 멀뚱히 서 있는데 윤서가 선배애, 하고 애교 섞인 목소리로 불렀다.

"비밀로 해 주세요."

"뭘?"

"선배도 알잖아요. 꽃꽂이한다면 사람들 반응이 어떨지……."

뻔하지 뭐. 남자 고등학생이 무슨 꽃꽂이를? 진짜 안 어울린다. 그따위 말이겠지. 나도 그런 말은 자주 들었다. 고등학생이 무슨 리코더냐고. 아무것도 모르는 것들이 다 아는 것처럼 말했다.

"정빈 선배, 꽃꽂이 되게 좋아해요."

"……."

"부탁할게요."

윤서가 다시 한번 간곡히 말했다.

집으로 돌아오는 내내 열이 나는 듯했다. 일찌감치 이불을 덮고 누웠다. 무슨 일로 꽃꽂이를 다 배우나 했더니 그 때문이었다. 정빈과 꽃꽂이를 배우러 다닐 줄은 정말이지 상상도 못 했다.

윤서에게 묻고 싶은 게 있었다. 혹시 사귀냐고. 그런데 차마 묻지 못했다. 다만 윤서가 얼핏 흘린 말을 믿기로 했다.

"우리 그런 사이 아니에요!"

그래, 그런 사이가 아니라고 치자. 아닌데 왜 같이 꽃꽂이하러 다니는 거지? 정빈이 안쓰러워서라고 했는데 그런 변명으로는 납득이 안 된다. 정빈은 학교에서 최고로 잘나가는 놈이다. 그런 정빈이 뭐가 안쓰럽다고.

노래방에서 윤서가 불렀던 사랑 노래는 정빈을 향한 것이었을까? 애초에 리코더부 가입할 때부터 의도가 불순했음을 알고는 있었지만 사실 일말의 희망은 있지 않을까 생각했는데. 그러니까 나한테도 어떤 가능성이라는 게…….

에이, 몰라. 잠이나 자자. 무슨 일이 있어도 이번 철인 대회에서만큼은 최정빈의 코를 납작하게 눌러 놓고 말리라. 식었던 투지가 활활 불타올랐다.

눈을 감으면 감을수록 이상한 장면이 자꾸만 떠올랐다. 정빈과 윤서가 키스하는 장면이 머릿속에 생생하게 떠올랐다. 윤서의 가녀린 어깨를 그 흉악한 녀석이 감싸안는다. 작디작은 윤서의 입술에 놈의 입술이 겹쳐진다. 그러다 정빈이 나를 발견한다.

"강대한, 넌 나한테 안 돼. 윤서도, 동아리실도 다 내가 가질 거야."

그러곤 놈이 웃는다. 안 돼, 안 돼, 안 돼애애애애!

"헉, 헉…….."

악몽이었다. 이마에 땀이 흥건했다. 시계는 새벽 1시를 가리키고 있었다. 그사이 잠이 든 모양이었다. 꿈속에서 본 장면이 계속해서 눈앞에 아른거렸다. 오늘 밤, 다시 자긴 아무래도 그른 것 같다.

* * *

벌써 4월도 끝이 보인다. 눈코 뜰 새 없이 바쁜 하루하루가 숨통을 조여 왔다. 축제를 코앞에 두고 연습에 박차를 가했다.

윤서는 연습에 묵묵히 참석했다. 지난번 문화센터에서 맞닥뜨린 일 때문일까. 자꾸만 내 눈치를 봤다. 마치 내가 비밀을 잘 지킬까 의심하는 눈초리로. 다시 한번 말하지만, 나는 누군가의 일거수일투족을 이리저리 떠벌리고 다니는 그런 막돼먹은 사람이 아니다.

축제 연습만으로도 벅찬데 철인 대회 준비까지 하려니 죽을 맛이었다. 새벽부터 일어나 근력운동, 유산소운동을 하고 나면 삭신이 쑤시고 눈알은 빠질 것만 같았다.

형과 아버지의 꾸준함 덕분에 나는 하루도 빠짐없이 연습에 참가했다. 연습을 시작한 지 한 달이 넘어 가니 턱걸이도 한 번에 네 개 정도는 할 수 있게 되었다. 달리기와 자전거도 제법 늘었고.

그래도 아직 정빈의 실력에 비하면 턱없이 부족한 수준이었다. 아직 두 달 남짓 대회가 남았다고는 하나 과연 내가 정빈을 이길 수 있을까. 의문이 드는 하루하루였다. 그럴 때마다 형은 나약한 소리는 하지 말라고 했다.

그러더니 급기야는 실전 연습을 해 보자며 연습 경기를 제안해

왔다. 처음에는 그냥 하는 소리겠거니 했는데 결국 형은 일을 저지르고 말았다.

호수 주차장에서 형의 동료들을 만났다. 형만큼이나 덩치가 우람한 아저씨가 내게 손을 내밀었다. 형이 근무하는 소방서의 구조대장 박영석 대장님이었다.

"잘해 보자."

아저씨는 과연 뜬 것인지 감은 것인지 알 수 없을 만큼 가는 실눈을 하고 있었다. 그 옆에서 스트레칭을 하고 있던 키 작은 남자가 너스레를 떨었다.

"이거 강 브라더스한테 깨지면 부끄러워서 출근 어떻게 하나?"

형은 그 말이 마음에 들었는지 크게 웃었다.

"또 왜 그러십니까. 장 선배님."

얼마 전 아들을 본 덕기 형이었다.

"좀 봐주면서 하셔야 합니다."

"봐주기는. 우리 같은 노땅들 불렀으면 말 다했지. 어떻게든 이겨 먹으려는 거잖아."

"그럴 리가요. 선배님들께 한 수 배우려는 거죠."

형과 덕기 형이 대화를 나누는 사이 대장님은 큰 덩치에 어울리지 않게 유연성을 발휘하며 스트레칭을 끝냈다.

"우리 구조대의 명예를 걸고 정정당당하게 승부를 겨뤄 보자."

아저씨는 표정을 알 수 없는 포커페이스를 유지하며 말했다.

"그냥 하면 재미없으니까 치킨 내기 어때?"

덕기 형의 제안에 형은 무슨 치킨이냐며 손사래를 쳤지만 아저씨는 고개를 끄덕였다.

"좋지. 오랜만에 선배님께 인사도 드릴 겸."

아저씨는 초임 시절, 아버지가 구조대장으로 있을 때 그 밑에서 일한 적이 있다고 했다. 아저씨는 명절이면 꼬박꼬박 인사를 왔다. 아버지는 코흘리개 소방사가 벌써 진급해 구조대장이 됐다며 아저씨를 볼 때마다 놀렸지만 항상 아저씨의 방문을 반가워했다.

연습 경기는 6월에 있을 대회 코스를 똑같이 밟기로 했다.

"형만 믿어. 물에 빠져도 형이 구해 줄 테니까."

형이 가슴을 팡팡 두드리며 말했다.

"나도 수영할 줄 알거든?"

야외 수영은 처음이지만 자신 없는 모습을 보이기는 싫었다. 4월 말의 날씨라 해도 아직 호수의 물은 차가웠다. 호숫가에 서서 우리는 아저씨의 구령에 맞춰 몸을 풀었다.

시합하기 직전 아저씨가 내게 다가와 말했다.

"대한이, 얼마나 컸는지 오랜만에 아저씨가 확인 좀 해 볼까?"

"키야 많이 컸죠."

"그래, 키는 많이 컸구나. 그런데 사실 중요한 건, 여기 아니겠니?"

아저씨가 내 가슴을 손가락으로 살짝 눌렀다.

"얼마나 단단해졌는지 한번 보자꾸나."

아저씨, 잘 모르시나 본데 최근에 저 운동 좀 했어요. 가슴 근육도 단단해졌지만 복근도 이제 보일랑 말랑 한다고요.

"형이 네 걱정 많이 하더구나. 나 또한 마찬가지고. 이렇게 다시 이야기할 수 있게 돼서 기쁘다."

그러면서 아저씨는 옅게 미소 지었다. 어릴 때 나를 보면 언제나 저렇게 웃어 주던 아저씨다. 나는 어깨를 으쓱하는 것으로 답을 대신했다. 덕기 형은 "너, 안 봐준다!"라며 으름장을 놓았지만 표정은 연신 싱글벙글이었다.

"형이나 조심하세요. 애기한테 부끄럽지 않은 아빠 되려면 오늘 꼭 이기셔야 할 거예요."

"요놈 봐라. 못 하는 소리가 없네?"

덕기 형은 뭐가 좋은지 자꾸만 낄낄 웃었다.

경기 규칙은 이렇다. 각 팀 평균 기록으로 승부를 가르는 것. 그러니까 형이 두 사람을 월등히 앞지르기만 한다면 내 실력과는 무관하게 이길 수 있는 게임이다. 그렇지만 형에게 편승하여 쉽게 이길 생각은 없다. 어떻게든 꼴찌는 면하는 것. 그것이 오늘 내 목표다.

"자, 이제 시작한다."

영석 아저씨의 호각 소리에 맞춰 출발하기로 했다.

"힘내자, 대한아."

형이 내 어깨를 주무르며 파이팅을 외쳤다. 긴장이 되어 대답은 못 했지만 비장한 각오로 이를 앙다물었다.

수영 도착 지점은 반대편의 호수공원까지. 거기서 자전거를 타고 호수 뒤쪽으로 나 있는 자전거 코스를 오른다. 호수에서 하는 수영은 처음이라 긴장이 되었다. 얼굴과 가슴팍에 묻힌 호수의 물이 마르며 온몸이 덜덜 떨리기까지 했다. 이를 악물었다. 절대 질수 없다. 첫판부터 뒤처지면 따라갈 수 없으니까. 최정빈, 두고 보자. 나는 최정빈을 생각하며 투지를 불태웠다. 절대, 무슨 일이 있어도 최정빈에게 동아리실을, 그리고 윤서를 빼앗길 수는 없었다.

삐익. 출발 신호가 떨어졌다.

"이야아아아."

덕기 형이 소리를 내지르며 먼저 치고 나갔다. 그 뒤를 형이 뒤쫓았고. 나는 스타트가 조금 늦었는데, 아저씨는 나보다도 늦었다. 아저씨에게 무슨 일이 있나 돌아볼 틈도 없이 나는 호숫가를 향해 내달렸다. 덕기 형이 입수하며 물보라를 일으켰고, 형이 연이어 물살을 갈랐다. 그리고 다음은 나였다.

풍덩.

온몸에 소름이 돋았다. 준비체조를 하면서 물을 끼얹었을 때와는 또 다른 한기가 온몸을 파고들었다. 코와 입으로는 물이 들어와 숨이 턱턱 막혔다. 어떻게든 물 밖으로 목을 빼려고 팔을 휘저었지만 물보라만 더 세게 일 뿐 시야마저 흐려졌다.

"침착해. 코로 숨 뱉고!"

형의 목소리가 들렸다. 형은 나 때문에 가던 길을 돌린 모양이었다.

"먼저 간다."

그사이 아저씨가 우리를 제치고 지나갔다. 무방비로 열려 버린 코와 입은 자꾸만 물을 삼켰고, 폐는 산소를 갈구하며 몸부림쳤지만 몸은 아래로 가라앉기만 했다.

"팔을 벌리니까 그렇지!"

억센 팔이 내 목을 안아 올렸다.

"강대한, 정신 차려. 이제 시작이야."

형의 단호한 목소리가 들렸지만 나는 정신을 차릴 수가 없었다.

"사, 살려 줘!"

"숨을 바로 뱉지 말고 머금어. 폐를 풍선처럼 만든다고 생각해."

형의 고함 소리에 나는 허겁지겁 숨을 들이켰다. 산소로 가득한 공기가 코와 입 속으로 들어왔다.

"폐의 부력을 이용하는 거야. 힘을 빼고 있으면 물에 뜰 거야. 팔과 다리를 천천히 저어."

형의 말대로 가슴을 부풀렸다. 내 팔을 잡았던 형의 손이 조금씩 멀어졌고 잠시 후 내 몸은 호수에 완벽히 떠올랐다. 그제야 웃고 있는 형의 얼굴이 눈에 들어왔다.

"잘했어."

"응."

나도 모르게 형을 따라 웃었다.

"형 따라와. 호흡은 길게. 스트로크는 유연하면서도 힘 있게. 오케이?"

"오케이."

널찍한 형의 등판이 이렇게 든든하게 느껴질 수가 없었다. 형이 없었다면 꼴사납게 발버둥이나 치고 있었을 것이다.

"가자."

형이 앞서며 물살을 갈랐고 나는 그 물살을 따라 팔을 저었다. 물의 저항을 조금이라도 덜 받기 위해 몸을 최대한 길게 뻗고, 팔은 물을 밀어내듯 저어라. 수도 없이 연습했던 것이 실전에 와서 이렇게 무너질 줄이야. 이제야 나는 조금씩 속도를 낼 수 있었다.

한 치 앞도 나아가지 못했던 몸이 호수를 가르며 나아가자 점점 상쾌한 기분이 들었다. 떨리던 몸도 차츰 열기로 달아올랐고, 심장도 호흡도 기분 좋게 가빠졌다. 심호흡을 하며 형의 뒤를 따랐다. 형은 친절한 안내자였고, 남은 거리를 우리는 단숨에 주파할 수 있었다.

"시간 없어. 뛰어."

뭍으로 오르자마자 형은 달리기 시작했다. 덩달아 나도 뛰었다. 바꿈터에 도착하니 덕기 형은 벌써 출발하고 없었고, 아저씨는 자전거에 오르려는 참이었다.

"이제 왔군."

아저씨는 그 말만 남기고 자전거를 몰아 출발했다.

"빨리 써."

형은 벌써 헬멧을 쓰고 신발을 신고 있었다. 나도 헬멧과 신발을 착용했다. 우리는 앞서가는 두 사람을 따라 곧장 출발했다.

"내 뒤에 딱 붙어 와. 끌어 줄 테니까."

우리 앞으로 쭉 뻗은 평지 코스가 펼쳐졌다. 여기서 속도가 떨어지면 필패라고 봐도 무방했다. 오르막 전까지는 앞선 두 사람도 열심히 페달을 밟을 테니 말이다.

그러나 형이 누구던가. 나는 형의 뒤에 딱 달라붙어 달렸기에 바람의 저항을 거의 받지 않았다. 그럼에도 형을 쫓아가기란 버거운 일이었다. 형이 자전거를 타는 게 아니라, 자전거가 형에게 끌려가는 듯했다.

주위의 풍경이 쉭쉭 지나갔다. 형은 정말이지 폭주 기관차처럼 내달렸다. 형에게 질세라 나는 페달을 돌리고 또 돌렸다. 마침내 오르막길에 다다랐을 때 앞서가는 두 사람이 보였다.

"거의 다 따라잡았어. 자, 각오하고. 올라가자."

문제는 내 심장이었다. 이러다가 심장이 고장 나지는 않을까 슬슬 걱정이 되기 시작했다.

"만약에, 헉, 만약에 내가 심장마비로……."

"농담은 나중에!"

헛소리 듣기 싫다는 듯 형은 오르막길을 평지처럼 올라갔다. 결국 나는 형의 등에서부터 점점 멀어지고 말았다. 자전거가 급격히 무거워졌다.

"치사하게. 같이 좀 가자!"

기어를 최대한으로 내렸다. 페달을 돌리는 힘이 줄어들어 한결 나았지만 자전거의 속도는 느려지고 말았다. 어쩔 수 없었다. 이 정도 속도를 유지하는 것만으로도 심장은 바깥으로 튀어나오려고 야단이었으니까.

1단 고개를 넘고 내리막길까지는 괜찮았다. 문제는 2단 고개부터였다. 2단 고개부터는 자전거를 탄 채 올라가 본 적이 없었다. 항상 내려서 자전거를 끌고 갔는데 이번에도 고개에 진입하기도 전에 힘이 빠지기 시작했다. 자전거에서 내리기 위해 속도를 서서히 줄여갈 때였다.

"가슴 펴고."

느리게 구르는 바큇살만 보던 나는 영석 아저씨의 목소리에 고개를 들었다.

"벌써 포기하는 거냐?"

아저씨가 내 옆으로 자전거를 붙이며 말했다.

"덕기랑 주성이는 벌써 3단 고개까지 올라갔을 거야. 너만 여기서 뒤쳐질래?"

"아저씨……."

다리가 후들거렸다. 근육이 부족한 오른쪽 다리에 마비가 오는 듯했다. 아저씨는 기가 막히게 내 상태를 눈치챘다.

"남은 다리 하나라도 밟고 또 밟아라. 포기하지 않으면 올라간다. 언덕은 그렇게 넘는 거야."

아저씨가 내 등을 밀어 주었다.

3단 고개에 도착하여 자전거에서 내리자마자 하늘을 보고 누웠다. 처음이었다. 자전거를 타고 3단 고개를 오른 것은. 자전거를 끌고 올랐을 때와는 차원이 다른 기분이었다. 사점(死點)이라고 하나? 그것을 넘긴 게 분명했다. 그렇다, 나는 죽음에서 돌아온 자였다. 아저씨 또한 그 기분을 아는 모양이었다.

"어때? 죽다 살아난 기분이."

"영생을 얻은 것 같네요."

"말할 기운 남은 거 보니 아직 덜 죽었군."

잠시 휴식 후, 다시 자전거에 올랐다. 아저씨가 먼저 출발하며 말했다.

"자, 이제 바꿈터까지는 죽 내리막이다. 즐겨."

나도 아저씨를 따라 내리막길을 향해 자전거를 몰았다. 내리막길은 언제 달려도 즐겁다. 게다가 지금 달리는 길은 예전에 달렸던 내리막길과는 다른 특별함이 있었다.

온전함.

자전거로 고개를 온전히 넘는다. 바퀴에만 의지하여 고개의 정점을 찍었다. 더 이상 올라갈 필요가 없어 떨어지는 것에는 날개의 부재가 용인됐다. 날개를 잃은 것이 아니다. 떨어지기 위해 오른 것이니, 애초에 날개 따위는 필요 없었다. 오랜만에 낙하의 자유를 마음껏 느꼈다.

아저씨가 소리를 질렀다. 나도 아저씨를 따라 소리를 질렀다.

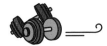

오래달리기는 이번 없이 끝났다. 내리막에서 충분히 휴식했다 하더라도 다리 상태는 말이 아니었다. 처음으로 완주한 오르막이었기 때문에 타격이 더 컸다. 여태껏 조금만 힘들면 내려서 자전거를 끌고 간 것이 문제였다. 그렇게 해서는 실력이 늘지 않았다.

한계점을 부숴야 하는데, 그 벽을 넘기란 여간 어려운 일이 아니었다. 자꾸만 막히던 것이 드디어 뚫린 듯했다. 확실히 연습 경기의 힘은 대단했다. 혼자 하던 것의 배 이상을 해낸 느낌이었다. 아저씨와 덕기 형은 종종 연습 파트너가 되어 주기로 했다.

1등은 덕기 형, 2등은 우리 형, 3등 아저씨, 4등은 내 몫이 됐다. 팀별 합산 결과 우리 팀이 약 5분 차이로 지고 말았다. 나는 달린다고 달렸지만 힘이 많이 빠져 중간에 다리에 쥐가 나고 말았다.

"근육량이 적어서 쉽게 극복하기는 힘들 거야."

아버지 가게에 도착하자 형이 내 다리를 마사지해 주며 말했다. 왼쪽의 반밖에 되지 않은 오른쪽 종아리가 불쌍하리만큼 뭉쳐 있었다.

"무슨 말을 그렇게 해? 이미 극복한 것이나 다름없지. 아들, 아버지는 아들이 자랑스럽다."

아버지는 눈물 닦는 연기까지 해 보이며 호들갑을 떨었다.

"3단 고개, 아무나 넘을 수 있는 게 아니야. 울고 넘는 3단 고개라고 들어는 봤나?"

"그만 좀 해. 아무튼 오버는."

엄마가 아버지의 등을 찰싹 때리며 식탁에 잘 튀긴 닭 두 마리를 내려놓았다.

"주성아, 가서 음료수 좀 빼 와."

형은 네, 하며 냉장고로 달려갔다.

"잘 먹겠습니다, 사모님!"

덕기 형의 손은 닭다리로 향했고, 영석 아저씨의 손은 덕기 형 손목으로 향했다. 손목을 얻어맞은 덕기 형이 억울한 눈으로 아저씨를 바라보았다. 아저씨는 덤덤히 그 눈빛을 받아낸 뒤, 고개를 돌려 아버지를 보았다.

"대장님, 같이 드시죠."

"아니야, 아니야. 난 됐어. 닭집 하면서 하도 먹었더니 이제 튀김

닭은 보기도 싫어."

그러더니 슬그머니 닭다리 하나를 집어 들었다. 엄마는 치킨 무를 좀 더 가져오겠다며 주방으로 갔고 아버지는 옆에 앉아 사족을 달았다.

"박 대장은 구조대장 노릇 할 만해?"

아저씨는 고개를 저었다.

"대장님이 왜 내근직으로 보직을 옮기셨는지 알 것 같습니다."

"하이고, 자네는 아직 멀었어. 운동하고 다닐 정신 있으면 할 만한 거야."

아저씨는 아버지가 무슨 말을 할 때마다 웃었다. 옛 상관에 대한 예의일까.

치킨을 뜯고 음료수를 마시고, 어른들은 맥주도 한두 잔 했다. 덕기 형은 아기 사진을 보여 주며 연신 아빠 미소를 지었다. 그러던 중 뜬금없이 아저씨가 내 머리를 쓰다듬으며 이렇게 말했다.

"오늘 보니까 대한이가 많이 컸습니다."

머리를 슬쩍 빼 아저씨의 손을 피했다.

"아까부터 그 소리시네."

아저씨는 알 수 없는 표정으로 나를 가만히 바라보았다. 짜기라도 했는지 형도 덕기 형도 아버지, 엄마도 나를 그런 눈으로 보았다.

"왜, 왜요?"

괜히 기분이 이상해서 화장실로 도망을 쳤다. 진짜 이상한 사람들이야.

뒤풀이가 끝나고 자리를 정리하는데 아저씨가 나를 몰래 불렀다. 아저씨는 전에도 아버지 모르게 종종 용돈을 주시곤 했다.

"용돈 필요 없어요."

"나도 오늘은 돈 없다."

아저씨가 주머니를 뒤집어 보이며 말했다. 잠시 뜸을 들이던 아저씨가 조심스럽게 입을 열었다.

"너희 아버지……. 그 일 있고 나서 내근직으로 옮기셨을 때, 많이 괴로워하셨어. 평생을 구조대장으로 살겠다 공언하시던 분인데. 그 일은 극복 못 하시더라."

그 일이라 함은 그날의 화재 사고를 말하는 것이겠지. 입술이 딱 붙어 떨어지지 않았다. 무슨 말씀을 하려는 걸까. 아저씨는 내 불편한 반응을 눈치챈 모양이었다.

"미안하다. 맥주 몇 잔 마셨다고 취했나 보다. 괜한 소리를 했구나."

나는 고개만 떨구고 있었다. 이 상황에 무슨 말을 할 수 있겠는가. 그때 아저씨가 입을 열었다.

"아버지가 널 많이 자랑스러워하시더라."

아저씨의 말에 괜히 얼굴이 뜨거워졌다.

"자랑할 게 뭐가 있다고요."

"모르는 소리."

아저씨가 고개를 저으며 내 어깨에 손을 올렸다.

"누가 뭐래도 너는 대장님 아들이야. 너 아니었으면 대장님, 저렇게 웃지 못하셨을 거다."

그러고는 나를 꼭 끌어안아 등을 쓰다듬어 주었다.

"대한아, 네가 있어 아저씨는 참 좋다."

아저씨의 마음이 온전히 전달되는 느낌이었다. 아저씨는 먼저 간다며 자리를 떠났지만, 나는 한참 동안 서서 아저씨가 남기고 간 온기를 가슴 깊이 품었다.

그날 경기에서 패배한 후 형은 나보다 더 연습에 열을 올렸다.

"리벤지매치에서는 기필코 이기고 만다. 대한아, 우리 최선을 다해서 덕기 선배 거하게 뜯어 먹자."

메모장 가득 맛집 리스트를 작성하던 형은 생각만 해도 즐겁다는 듯 미소를 지었다. 그러더니 철인3종경기까지 남은 기간이 얼마냐고 물으며 내 배를 슬쩍 까 보기도 했다.

"이래 가지고 식스팩 나오겠냐? 안 되겠어. 훈련 시간을 한 시간쯤 늘려야지."

"하, 한 시간?"

기가 차서 말을 잇기도 힘들었다. 형의 스케줄에 따르면 내가 기상해야 할 시간은 새벽 3시. 차라리 밤을 새우라고 해라. 난 죽어도 못 일어나니까. 달님, 별님 동무 삼아 뜀박질하기는 죽어도 싫다.

그러나 강주성이라는 남자는 포기를 몰랐다.

"식스팩 필요하다며. 안 만들 거야? 내년도 학교 달력에 따악! 장식해야지."

식스팩도 식스팩이지만, 지난번 매치로 느낀 바가 컸다. 이대로는 동아리실을 뺏기고 말지도 모른다는 위기감도 있었고. 해서 나는 울며 겨자 먹기로 형의 계획대로 살인적인 스케줄을 받아들여야 했다. 하루는 해가 지기 무섭게 침대로 향하는 나를 향해 엄마가 물었다.

"벌써 자려고? 어디 아파?"

"지금 자야 새벽 3시에 일어날 수 있어."

밤낮이 바뀐 올빼미 생활의 시작이었다. 대회까지는 앞으로 약한 달 반. 과연 내 체력이 버텨 낼 수 있을까. 하루하루가 고민의 연속이었다. 그래도 끝까지 해 봐야지, 매일 거울 앞에서 복근에 힘을 주며 다짐에 다짐을 거듭하고 있는데, 뜻밖의 일로 훈련 스케줄에 차질이 생기게 됐다.

강주성 대원의 똥고집은 안에서도 셌지만 밖에서도 못 말리게 셌으니, 그 버릇 어디 못 준다고 현장에서 사고를 치고 만 것이다.

그날도 나는 일찌감치 잠을 청하기 위해 침대에 누워 있었다. 다음날 새벽부터 앞동네 뒷동네 할 것 없이 똥마려운 강아지처럼 이리저리 뛰어다닐 생각을 하니, 벌써부터 다리 근육이 욱신거리는 듯했다. 거의 잠에 들려 할 때쯤, 휴대폰이 지잉 하고 울렸다.

"아이, 진짜. 오밤중에 누가 전화를 하는 거야."

누군가는 저녁 8시가 무슨 오밤중이냐고 하겠지만, 내게는 밤도 밤도 그런 한밤이 없었다. 도대체 누가 일찍 자고 일찍 일어나는 새 나라의 어린이를 깨우냐며, 분개한 마음으로 전화기를 들었다.

"여보세요!"

"대한아!"

엄마였다.

"아, 엄마. 나 요새 일찍 자잖아. 거의 잠들었……."

"형이, 형이……."

엄마의 흐느끼는 목소리로 심상치 않은 일이 벌어졌음을 알 수 있었다.

"엄마, 울지 말고. 무슨 일인데?"

"형이…… 사고를 당했대."

그길로 병원에 달려갔다. 병원에서 만난 엄마는 눈물을 어찌나 흘렸는지 두 눈이 퉁퉁 부어 말도 못할 몰골이 되어 버렸고, 아버지 또한 한숨을 푹푹 내쉬느라 내가 다 호흡곤란이 올 지경이었다. 나 또한 형이 걱정되기는 마찬가지였다. 무식한 인간, 힘 자랑 좀 그만하라니까.

형은 불이 난 공장에 구조 작업을 나갔다가 쓰러지는 조립 기계를 양팔로 받아 냈다고 한다. 문제는 구조물의 무게를 이기지 못하고 기계 아래에 깔린 것이다. 동료들이 힘을 합쳐 형을 구해 냈으나, 이미 늦은 후였다. 형의 양팔은 박살이 나고 말았다.

양팔과 오른쪽 다리에 깁스를 한 형이 허허 웃으며 말했다.

"철심 박고 몇 달만 지나면 싹 낫는대. 뭘 그렇게 호들갑이야, 호들갑은."

놀라운 일이지 않은가. 형은 그 무거운 기계에 깔렸으면서도 살아서 사고 현장을 빠져나왔다.

"그게 할 소리야!"

엄마는 눈물을 훔치며 형의 등짝을 때렸다.

"내가 안전, 또 안전 몇 번을 말했냐!"

아버지 또한 쉬지 않고 잔소리를 퍼부어 댔다.

"아유, 두 분 다 그만 좀 하세요."

형은 입을 비쭉 내밀더니, 나를 보며 엄마 아버지 몰래 입 모양으로 비밀스러운 지시를 전했다.

'가서 맛있는 것 좀 사 와. 병원 밥 너무 맛없어.'

군것질 심부름이다. 팔다리가 부러졌지 위장이 아픈 건 아니란 말이지. 형의 입이 살아 있는 걸로 봐서는 안심해도 될 정도의 부상인 듯했다. 웬만해선 심부름 따위 하지 않는 나였지만, 이번만큼은 특별히 해 주기로 했다.

맛있는 거 왕창 사 올 테니까 배 터질 때까지 먹고 빨리 나아. 다치지 좀 말고. 속으로 그렇게 말하며 매점을 향해 엄마, 아버지 몰래 걸음을 옮겼다. 저만하니 다행이지. 아무튼 내가 형 때문에 못 산다, 못 살아.

* * *

난 정말 형한테 최선을 다하려 했다. 그간 나를 위해 애써 준 것도 있으니 형의 병원 생활에 조금이나마 보탬이 되고 싶었다. 그래서 수업이 끝나면 곧장 병원으로 와 수발도 들고, 먹고 싶다는 게 있으면 사다 주기도 했다. 그런데 이건 해도 해도 너무한 것 아닌가.

"너무 먹었나 봐. 배가 또 아프네."

갑자기 족발이 먹고 싶다 하여 대자를 하나 시켜 줬더니 콜라 1리터에 서비스로 온 비빔국수를 다 먹고는 아이스크림까지 입가심으로 해치운 형이다. 그래 놓고는 저녁으로 나온 병원식을 두 쟁반 받아먹고 저런 소리를 하다니.

"또? 아까 화장실 다녀왔잖아."

"어우, 그러니까. 미안하다. 왜 이러지."

"아, 정말."

속이 부글부글 끓었지만 참기로 했다. 그래, 이왕에 잘해 주기로 한 거 조금만 더 참아 보자.

"이리 와."

"고마워."

형은 능글능글한 웃음을 지으며 내 어깨에 깁스한 팔을 올렸다. 형을 부축하여 화장실로 데려간 뒤, 볼일이 끝날 때까지 밖에서 기다렸다.

"끝났어?"

"쪼오금만 더어어."

형이 신음을 흘리며 대답했다. 곧 이어 퐁당, 하고 물에 무언가가 떨어지는 소리가 들렸다. 그리고 쏴아아 물 내려가는 소리가 들렸다.

"이제 들어와도 돼."

절로 나오는 깊은 한숨을 감추며 변기 칸으로 들어갔다. 형이 변기에 앉아 나를 향해 헤벌쭉 웃었다.

"먹기만 하고 움직이질 않았더니 변비가 왔나 봐. 암만 봐도 시원하질 않네."

나는 이를 악문 채 두루마리 휴지를 손에 두 번, 세 번, 네 번까지 감았다.

"그러니까 너무 누워만 있지 말라고 했잖아."

"이때 아니면 언제 또 이렇게 쉬어 보겠니."

그러곤 한쪽 엉덩이를 슬쩍 들었다. 세상에, 내가 전생에 무슨 죄를 지었기에 형 뒤치다꺼리를 하고 있을까. 그것도 보통 뒤치다

꺼리가 아닌…….

"아, 다리 좀 오므리지 마. 엉덩이에 손 끼잖아!"

짜증이 나서 손을 마구 쑤셨더니 형이 우히히 소릴 내며 웃었다.

"아이, 아파. 아파. 살살 좀 해 줘! 우헤헤헤."

뒤 봐주기, 밥 먹이기, 만화책 페이지 넘겨 가며 읽어 주기, 거기다 손수 머리까지 감겨 주고 나면 하루해가 지고 있었다. 형은 내덕분에 시원하게 씻었다며 선풍기 바람에 머리를 말렸다. 나는 그 옆에서 녹초가 되어 쓰러지듯 앉아 있었고.

형은 선풍기 앞으로 입을 갖다 대고는 아아, 하고 소리를 냈다.

"뭐 하는 거야. 다른 분들 불편하게. 여긴 육인실이라고."

그러자 옆에 있던 할아버지가 괜찮다며 웃으셨다. 괜찮긴요, 할아버지. 우리 형 때문에 여러모로 불편을 끼쳐 드려 죄송합니다. 그런 뜻으로 눈인사를 하고 형을 쏘아봤다. 형은 그러거나 말거나 아아, 소리를 냈다.

"우리 어릴 때 이러고 많이 놀았는데."

형이 옛날 얘기를 꺼냈다.

"엄밀히 말해 나는 어렸지만, 형은 어리지 않았어."

초등학교 다닐 때만 해도 형과 목욕을 자주 했다. 욕조에 물을 받고 우리 둘이 들어가면 물이 한 바가지 넘게 흘러넘쳤다. 비누거품으로 장난도 치고 잠수 연습도 하고. 그러곤 발가벗은 채 선풍기 앞에서 아아, 소리를 냈다. 선풍기 바람에 목소리가 울리는 게 재밌었다. 엄마는 다 큰 녀석들이 옷도 안 입고 그러고 있다며 잔소리를 늘어놓았지.

형이 내 쪽으로 선풍기를 돌렸다.

"너도 해 봐. 재밌어."

나는 됐다면서 손사래를 쳤지만 형은 어울리지 않는 애교를 부리며 나를 자꾸 자극했다.

"해 봐. 엉? 해 봐앙."

"알았어. 알았으니까 제발 그 콧소리 좀 그만 내."

나는 선풍기에 대고 아아, 소리를 냈다. 그러자 형이 웃음을 터트렸다. 그 바람에 나도 픽, 실소를 터뜨렸다. 참, 나. 이게 뭐 하는 짓인지.

형이 말했다.

"오랜만에 이러고 노니까 좋네. 다치니까 또 이런 좋은 점이 있네."

무슨. 다쳐서 좋을 게 뭐가 있다고. 나는 툴툴거리며 자리에서 일어났다. 형이 어딜 가느냐고 물었다.

"변비약이라도 좀 사 오게. 먹을 것도 좀 사 오고. 뭐 먹을래?"

형이 해맑게 웃으며 햄버거를 외쳤다.

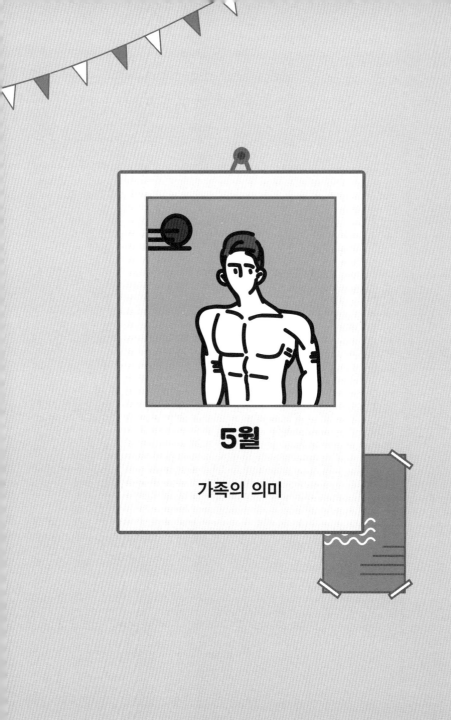

5월

가족의 의미

어느덧 축제 날이 다가왔다. 교정은 구경 온 타 학교 학생들과
축제를 준비하는 본교 학생들로 인산인해를 이루고 있었다.

나는 동아리 공연을 준비하기 위해 아침부터 서둘러 학교로 갔
다. 준비할 게 많은 건 아니지만, 그래도 마음의 준비라는 게 있지
않은가. 공연 몇 시간 전부터 분위기를 살피고 무대를 점검하고
리코더를 손질해야 했다.

"할 수 있다. 좋아, 할 수 있어."

심호흡을 하고 어깨도 돌리고 스트레칭도 했다. 다소 맥박이 빠
른 것만 빼면 괜찮은 컨디션이었다. 첫 야외 공연을 앞두고 있는
제혁과 윤서 역시 긴장한 기색이 역력했다. 아침은 먹고 왔냐고 물
었더니 윤서가 고개를 저었다. 공연까지 아무것도 먹지 않고 기다

리겠다는 걸 억지로 끌고 학생회에서 운영하는 푸드 코트로 향했다. 손님을 맞는 학생회 아이들의 모습이 분주해 보였다. 메뉴판을 제혁과 윤서에게 내밀었다.

"뭐 먹을래?"

"소화 안 될 것 같은데."

윤서가 볼멘소리를 했다.

"그래도 뭘 좀 먹어야지. 속이 허하면 기력이 빠져 더 긴장되는 법이야."

나는 자꾸만 땀이 차는 손을 바지에 슥슥 문질러 닦으며 말했다.

"뭐 먹을까요?"

제혁이 물었다.

"아무거나 먹어. 난 다 괜찮아."

나는 그렇게 말하며 교정을 거니는 아이들을 보았다. 교복 입은 아이들은 우리 학교 학생임이 틀림없다. 사복 차림의 아이들은 대부분 타 학교 학생이었고, 아침부터 사복 입은 아이들이 많이 보였다. 입이 바싹바싹 타들어 물을 몇 모금 삼켰다.

"떡볶이 어때요?"

제혁이 말했다.

"아침부터 무슨 떡볶이야. 소화 안 되게."

이번에는 우르르 지나가는 스포츠부 아이들을 보았다. 뭘 잔뜩 챙겨 가는 듯했는데, 공연 때 쓸 물건으로 보였다. 정빈 그 자식이

며칠 전부터 시끄러운 음악에 맞추어 아이들을 연습시키는 소리를 들었다. 운동과 음악을 접목한 퍼포먼스를 펼칠 거라고 하던데 보나마나 마지막에는 웃통 까는 것으로 마무리하겠지.

"그럼 어묵은요?"

"어묵? 괜찮겠어? 소화 안 될 텐데."

바쁘게 돌아가는 교정을 바라보고 있으니 작년 축제 때가 떠올랐다. 긴장한 나머지 폭삭 망해 버린 야외 공연의 추억이 등 언저리를 뻐근하게 만들었다. 호흡을 가다듬으며 스트레칭을 했지만 굳은 등은 쉽게 풀리질 않았다.

"순대나 먹어요."

제혁의 심드렁한 말에 나는 고개를 저었다.

"소화되겠냐?"

듣고 있던 윤서가 풉, 하고 웃음 참는 소리를 냈다.

"선배."

주위를 살펴보고 있는데 윤서가 나를 불렀다.

"왜? 아무거나 먹어. 난 다 괜찮으니까."

"선배도 아침 안 먹었죠?"

"어? 나는 배가 안 고파서……. 저기 밴드부 애들 간다!"

옷차림새가 장난이 아니었다. 체인을 허리에 두르고 머리는 잔뜩 힘을 준 것이 오늘 공연에서 볼 장 다 볼 작정인 듯했다. 윤서는 결국 웃음을 터트렸다.

"왜 웃어?"

"선배가, 큭, 선배가 제일 긴장한 것 같아."

"무, 무슨 소리야. 나 긴장 하나도 안 했는데!"

"그럼 순대, 어묵, 떡볶이 다 시킬게요."

제혁이 입을 비쭉 내밀며 주문을 넣었다.

"다, 다 먹을 수 있냐? 그렇게 먹다가 체하기라도 하면……."

"선배, 긴장 좀 풀어요. 선배는 작년에도 해 봤으면서."

윤서가 내 등을 탁탁 두드렸다. 그럴 때마다 심장이 쿵쿵 울리는 것 같았다.

"선배 덕분에 웃었더니 마음이 좀 편하네."

"무슨 걱정이야. 대한이 형 리코더 실력이야 말해 뭐 해."

제혁까지 거들고 나서자 알 수 없는 압박감이 가슴을 조여 왔다.

"날 너무 믿지 마. 그렇게 믿다가……."

그때, 익숙한 목소리가 들렸다.

"김밥 서른 줄 주문되니?"

귀에 거슬리는 목소리의 주인은 정빈이었다. 정빈은 우릴 본체만체하며 음식값 계산을 했다. 옆에 서 있던 도엽이 손을 흔들며 우리에게 인사를 건넸다.

"준비 잘돼 가?"

"그럭저럭. 우리 옆에 자리 잡았더라."

"그렇게 됐네."

"또 우리 공연 방해할 셈이냐?"

"에이. 자리는 동아리 연합에서 정해 준 거잖아. 일부러 그런 것도 아니고. 아무튼 잘해 보자."

나는 콧방귀만 뀌고 대답하지 않았다.

"그만 가자."

김밥이 담긴 봉지를 들고 정빈이 말했다. 정빈은 끝까지 우리와는 눈을 마주칠 생각이 없는 모양이었다. 윤서 역시 고개를 들지 못하기는 마찬가지였고. 두 사람의 묘한 분위기를 읽은 나는 일부러 정빈의 얼굴을 뚫어져라 바라보았다. 정빈 일행이 자리를 뜨자 눈치 빠른 제혁이 윤서에게 물었다.

"너 정빈 형이랑 싸웠어?"

"싸우긴 누가 싸웠다고."

"그럼 뭐야? 잘 나가다 갑작스레 서먹한 이 분위기는?"

"뭐가. 우리 원래 서먹했어. 뭘 그딴 걸 묻고 그래!"

윤서는 버럭 화를 내고는 자리를 떠났다. 제혁은 무슨 일이냐는 표정으로 나를 보았다. 나는 어깨만 으쓱했다.

"분위기가 심상치 않죠?"

제혁이 속삭이듯 물었다.

"몰라. 그러든지 말든지."

말은 그렇게 했으나 혹시 모르는 일이었다. 두 사람 사이가 정말로 결단 나기라도 했다면? 내게 절호의 기회가 될지도 모른다.

나도 모르게 회심의 미소가 지어졌다. 나는 양쪽으로 멀어지는 정빈과 윤서의 뒷모습을 바라보며 갓 나온 어묵을 한 입 베어 물었…….

"아뜨뜨뜨!"

"아이고, 이런. 뜨겁다고 말씀드리려 했는데."

어묵을 가져다준 학생부 부원이 해맑게 웃으며 말했다. 씨이, 말해 줄 거면 진작에 말해 줄 것이지. 입천장 다 까졌네.

* * *

먹은 게 소화가 안 됐다. 불편한 속을 다스리며 공연장에 섰지만, 머리가 지끈거려 참을 수 없었다. 약도 먹었지만 소용이 없었다. 윤서와 제혁이 걱정하기에 괜찮다고 안심시키며 공연 준비를 했다.

옆에서는 벌써 철인 스포츠부 녀석들이 손님들을 끌어모으는 중이었다. 쿵쿵 울리는 음악에 맞추어 부원들이 물구나무를 서거나 철봉 쇼를 보이면 관객들은 연신 박수와 환호를 보냈다. 윤서 또한 옆집 공연에 넋이 나가 있었다.

"장윤서!"

윤서는 화들짝 놀라 허둥지둥하다가 악보를 거꾸로 펼치는 실수를 하고 말았다.

지나가는 사람 중 몇몇이 우리 공연에 관심을 가지고 모여들었다.

"리코더 공연 하나 봐."

"오랜만이다. 나도 초등학교 다닐 땐 리코더 잘 불었는데."

아이들의 시선이 꽂히자 얼굴이 뜨거워졌다. 그때 어디선가 제혁을 부르는 목소리가 들렸다.

"김제혁!"

열댓 명은 되어 보이는 무리가 우리 쪽으로 우르르 다가왔다. 그중에는 전에 노래방을 찾다가 만난 제혁의 중학교 친구도 있었다. 제혁의 얼굴이 흙빛이 되었다.

"서, 석주야…… 왔어?"

그 아이들은 대부분 제혁을 아는 듯했다.

"제혁아! 보고 싶었다."

"우리 제혁이 잘 있었어?"

"제혁이 예뻐해 줘야지. 이리 온."

아이들은 거친 몸짓과 과한 목소리로 주변을 소란스럽게 만들었다. 그 아이들이 몰고 온 여자아이들 또한 가관이었다. 철인 스포츠부 공연하는 곳으로 달려가서는 운동기구를 함부로 만지질 않나, 복근을 보여 달라고 소리 지르질 않나. 안하무인이 따로 없었다.

그들의 위세에 눌려 모여 있던 관객이 슬그머니 걸음을 돌리기 시작했다. 스포츠부 부원들 표정도 굳어 갔다. 나는 화가 나서 언성을 높였다.

"김제혁. 니가 쟤들 불렀어? 저게 뭐 하는 짓이야?"

제혁은 석주의 눈치를 보며 슬며시 고개를 저었다. 석주라는 녀석이 내 말을 들은 모양이었다. 코웃음을 치더니 아이들을 불러 보았다.

"이거 봐. 초등학교도 아니고. 무슨 고등학교에서 리코더 공연이래?"

"나 리코더 못해서 담임이 방과 후에 엄청 남겼잖아."

우리 주변으로 모여든 놈들은 서로 욕설을 주고받으며 낄낄댔다. 제혁은 미안한지 고개를 들지 못했다. 그 모습이 안쓰럽기도 하고 화가 나기도 하고. 저렇게 야유하고 조롱하는 녀석을 친구라고 소개한 제혁의 처지가 안쓰러웠다. 내가 아는 제혁은 누구보다 리코더 연습을 열심히 하는, 착하고 성실한 아이였다. 저 자식들이 함부로 놀려 대도 괜찮은 그런 아이가 아니라고. 도무지 참을 수 없어 한마디 하려는 찰나였다.

"야, 니들. 좋은 말로 할 때 가라."

내가 하고 싶은 말을 윤서가 먼저 했다.

"보기 싫으면 딴 데로 가면 될 거 아냐. 왜 여기서 시빈데?"

그렇게 말하는 윤서의 손은 떨리고 있었다.

"아, 넌 그때…… 그 까만 여자애."

석주의 입꼬리를 비집고 나오던 비웃음이 싸늘하게 식었다.

"넌 또 뭔데 참견이야? 니네 나라로 돌아가. 우리나라에서 이러지 말고."

석주의 말에 윤서의 눈빛이 흔들렸다.

"쟤 다문화 아냐?"

어떤 여자아이가 말했다.

"다문화 맞네. 필리핀이나 태국 같은 데 있잖아. 거지 같은 나라에서 온 외국인 노동자가 엄마일걸? 우리 학교에도 그런 애들 있잖아."

"으, 냄새날 것 같아. 넌 저런 애랑 사귀라면 사귈 수 있냐?"

"미쳤어? 절대 못 해."

"왜? 너 전에 다문화랑 키스했다며."

"장난해? 더럽게 누가 다문화랑 키스를 한다고. 토할 것 같아."

아이들은 윤서를 도마 위에 올려놓고 잘근잘근 씹어 댔다. 굳어 있던 윤서의 표정이 무너졌다. 윤서의 얼굴이 발갛게 달아오르며 눈에 눈물이 고였다. 나는 순간, 눈에 뵈는 게 없어졌다.

"야, 이 새끼들아, 닥쳐!"

정신을 차렸을 땐 악보대가 저쪽으로 굴러 가고 있었다. 주변을 채우던 웃음이 순식간에 사라졌다. 윤서는 눈물을 훔치며 별관으로 사라졌다. 주먹을 불끈 쥐고 우리를 둘러싼 놈들을 돌아보았다.

"당장 꺼져!"

석주는 썩은 얼굴로 내게 다가왔다. 놈은 내 앞에 우뚝 멈춰 섰다. 작은 눈매에 독기가 가득 서려 있었다.

"싫은데."

"뭐?"

"공연 보러 온 사람한테 꺼지라니. 너무한 거 아냐?"

"너무한 게 누군데? 니들이 먼저 말을 함부로 했잖아. 제혁이한테도 그렇고! 윤서한테도 그렇고!"

"사실을 말한 건데 뭐 어때서."

석주는 눈 하나 깜빡하지 않았다.

"씨발. 나 어디 가서 욕 듣고는 못 참는 성격인데. 이 형이 또 사람 속을 뒤집네. 한번 뒤지게 맞아 봐야지."

석주가 주먹을 들어 올릴 때였다.

"그만해."

정빈이 석주의 손목을 붙들며 말했다.

"이 형은 또 누군데 나서실까."

석주가 정빈을 노려보며 손목을 빼려 했다. 그러나 정빈의 단단한 손에 붙잡힌 석주의 손목은 꼼짝을 하지 않았다. 석주는 꽤 당황한 듯했다.

"이거 놔라."

"그만하고 조용히 사라진다고 약속해."

곧 두 사람의 기 싸움이 시작됐다. 금방이라도 싸움이 터질 듯,

일촉즉발의 순간이었다.

"거기 너희들, 뭐야!"

남자 선생님 몇몇이 우르르 달려오고 있었다. 선생님들 뒤로 이쪽을 노려보는 윤서의 모습이 보였다. 윤서가 선생님들에게 도움을 요청한 모양이었다. 정빈은 석주의 손목을 놓아 주었다. 석주는 손목을 주무르며 새된 소리로 욕설을 뱉더니 무리를 데리고 달아났다.

"형, 괜찮아요?"

제혁은 사색이 되어 있었다.

"괜찮지, 그럼."

"죄송해요……."

제혁의 눈에 눈물이 고였다.

"울지 마."

그러나 제혁은 내 말을 듣지 않고 어깨를 들썩이며 흐느끼기 시작했다.

"그만 울라니까……."

나는 제혁의 어깨에 손을 올렸다.

"당하고만 살지 마. 네가 어디가 못나서."

"……."

"너 충분히 잘하고 있잖아. 그러니까 저런 놈들 말, 무시해 버려."

"네……."

축 처진 제혁의 어깨를 툭툭 두어 번 두드려 주고 크게 숨을 내쉬었다. 긴장이 풀렸는지 다리가 후들거렸다. 그러다 퍼뜩 윤서 생각이 났다.

"윤서. 윤서 어디 갔지?"

고개를 돌려 윤서를 찾다 정빈과 눈이 마주쳤다. 정빈의 눈도 윤서를 찾아 헤매는 듯했다.

윤서를 찾아봤지만 어디 갔는지 보이지 않았다. 교내를 다 뒤지고 나서야 생각나는 데가 있었다.

동아리실로 뛰어갔다. 칸막이를 걷자 화분을 들여다보고 있는 윤서를 찾을 수 있었다. 윤서가 나를 돌아보았다.

"민들레가 피었어요."

윤서가 활짝 웃는 얼굴로 말했다. 가까이 다가가 윤서가 가리키는 화분을 들여다보았다. 작은 화분에는 제라늄이 자라고 있었는데, 민들레는 화분 끄트머리에 셋방살이하듯 자리하고 있었다.

"신기하지 않아요?"

"뭐가?"

"민들레요. 창문 너머로 날아왔나 봐요."

윤서가 민들레의 꽃잎을 가만히 쓰다듬었다.

"숨어 피는 민들레는 수줍음이 많대요."

윤서가 말을 이었다.

"그런데 또, 가슴 가득 하늘이 차오르면 주저 없이 떠나는 게 민들레래요."

무슨 시 같다. 나는 그저 고개만 끄덕였다.

"저는 민들레가 좋아요. 발도 없으면서 어디든 날아가는 민들레요. 우주까지도 날아갈 수 있을 것 같아요."

"또 우주야?"

"우주가 뭐 어때서요. 우리는 모든 걸 우주적 관점에서 봐야 해요. 우린 티끌에 지나지 않는다고요. 아까 그 자식들도 센 척하지만 실은 티끌 같은 놈들에 불과해요."

"그럼 넌 티끌하고 한판 붙은 거네. 좀 참지 그랬냐. 티끌하고 싸울 게 뭐가 있다고."

윤서가 까르르 웃었다. 윤서가 웃는 모습을 보다 덩달아 나도 웃었다. 윤서가 갑자기 고개를 돌려 나를 보았다. 숨이 막혔다.

"선배, 민들레는 바다도 건널 수 있겠죠? 좋겠다."

"바다는 또 왜? 우주로는 모자라?"

윤서가 피, 하며 바람 빠지는 소리를 했다.

"우리 엄마가 바다 건너서 왔거든요. 난 한 번도 비행기 못 타 봤는데. 선배는 타 봤어요?"

나는 고개를 저었다. 윤서는 창밖으로 시선을 돌렸다.

"엄마는 바다 건너에서 왔지, 거지 같은 나라에서 온 게 아니에요. 공장에서도 얼마나 열심히 일하는데요. 아무것도 모르는 놈들이 툭 하면 외국인 노동자니 뭐니 하며 이상한 눈으로 쳐다보고."

윤서는 뜬금없이 엄마 얘기를 꺼내며 열을 올렸다. 나는 맞장구를 치며 윤서 편을 들었다.

"난 그렇게 생각 안 해. 그 자식들, 아무것도 모르면서 하는 소리야."

나도 그런 취급 많이 당해 봐서 안다. 리코더를 분다고, 오른쪽 다리가 쭈글쭈글하다고, 자기들은 들키지 않으려고 곁눈질하듯 바라보지만 나는 다 느낀다. 그들의 불쾌한 시선을.

"걔들이 우주에 대해서 뭘 안다고. 티끌 같은 놈들. 민들레보다도 못한 놈들이야, 그 자식들."

윤서는 대꾸하지 않았다. 밖에선 다시 축제가 시작되었나 보다. 소란스러운 가운데 동아리실에는 정적이 흘렀다. 이윽고 윤서가 입을 열었다.

"나 냄새나요?"

"무슨 소리. 아니야, 절대."

"나, 빅뱅과 같은 확률로 태어났어요. 바다를 건넌 사랑의 결실이라고요. 지들은 뭐 얼마나 대단하다고."

항의하듯 소리치던 윤서의 고개가 아래로 떨어졌다. 어깨가 들썩이더니 울음을 삼키는 숨소리가 들렸다. 뭐라고 위로해야 할까.

윤서 곁에 다가가 앉았다. 소리 없는 눈물이 윤서의 뺨을 타고 흘렀다. 그걸 보는데 가슴이 미어졌다. 그리고 내 진심도 마주하고 말았다.

"예뻐."

왜 하필 지금일까. 타이밍하고는. 나도 모르게 내 입이 진심을 고하고 있었다.

"너, 예뻐."

여전히 눈물은 흘렀지만 윤서는 조금 놀란 눈으로 나를 보았다. "네?"

작게 움직이는 그 입술마저 사랑스러웠다.

"예뻐. 예쁘다고. 너 정말 예뻐. 냄새나지 않아."

윤서의 반짝이는 두 눈이 내게 고정됐다. 심장이 빠르게 뛰기 시작했고 목소리는 떨렸지만, 터져 나오는 고백을 막을 수는 없었다.

"나 너 좋아해. 진심이야."

윤서가 눈을 두 번 깜빡거렸다. 눈물이 또르르 뺨을 타고 흘렀다. 나도 내가 왜 이러는지 알 수가 없었다. 이 시점에서 윤서를 끌어안아도 될까? 스스로에게 물었다. 나도 모르겠다. 한 가지 확실한 건 윤서의 눈이 내게 고정되어 있다는 것이다. 그리고 또 하나, 이번 기회를 절대 놓쳐선 안 된다는 것. 나는 조심스럽게 윤서의 어깨로 손을 옮겨 갔다.

"윤서야!"

문이 벌컥 열리더니 정빈이 뛰어 들어온 건 내 손이 윤서 어깨에 닿을락 말락 할 때였다. 정빈은 어리둥절해하는 우리 둘 사이를 비집고 들어와 윤서를 와락 끌어안았다. 그제야 윤서는 눈 뜬 심 봉사처럼, 혹은 말문이 터진 벙어리처럼 으앙, 울음을 터트리며 정빈을 찾았다.

"오빠아."

"윤서야, 미안해. 숨기려 해서 미안해."

다음 순간, 스포츠부 녀석들이 우르르 달려 들어왔다. 그러곤 껴안고 있는 두 사람을 향해 격려의 박수를 치는 것 아닌가. 감동의 도가니 속에서 나만 낙동강 오리알이었다. 언제 다가왔는지 도엽이 눈물을 훔치며 말했다.

"둘이 사귄대. 근데 정빈이가 남들이 알게 되는 게 싫어서 비밀로 하자고 했고. 윤서는 그게 싫다고 하다가 싸웠는데 이렇게 아름답게 화해를 하네."

황당해서 입이 다물어지지 않았다. 윤서, 너…… 그런 사이 아니라고 했잖아. 어째서……. 언뜻 정빈의 품에 안겨 있던 윤서와 눈이 마주쳤다.

'미안해요, 거짓말해서.'

윤서의 눈은 분명 그렇게 말하고 있었다. 나는 그만 실소를 흘리고 말았다. 그때 동아리실로 뛰어 들어온 제혁이 껴안고 있는 두 사람을 발견하고는 들고 있던 리코더를 떨어뜨렸다.

"혀, 형. 저게 무슨……."

"가자. 공연 준비해야지."

나는 눈을 떼지 못하는 제혁의 뒷덜미를 붙잡고, 훈훈한 화해의 장을 빠져나왔다.

　일요일의 학교는 조용하기 그지없다. 축제가 끝났기에 동아리실이 있는 별관도 텅텅 비었다. 문을 열고 들어가 동아리실을 둘러보았다. 윤서가 반납한 리코더가 책상 위에 덩그러니 놓여 있었다.

　축제가 끝나고 윤서는 리코더부를 그만두었다. 나 보기가 미안했기 때문일까. 글쎄, 그건 알 수 없다. 어쨌거나 나는 윤서를 붙잡지 못했다. 간다는데 어쩌겠는가. 이미 떠나 버린 사람, 미련 없이 보내 주기로 했다.

　윤서의 남은 흔적이라곤 꽃꽂이 쟁반뿐이었다. 솔직히 윤서의 꽃꽂이 실력은 별 볼 일 없었다. 조화의 철심을 잘라 내지 못해 낑낑대던 모습이 떠올랐다. 잘하지도 못하는 꽃꽂이를 정빈 때문에 배운 거였다.

윤서에 비하면 정빈의 꽃꽂이 실력은 전문가에 가까웠다. 칸막이 너머에는 정빈의 실력이 분명한 꽃꽂이 장식들로 벽면이 장식돼 있었다. 화분의 꽃들도 제법 많이 자랐다. 아는 꽃이라고는 장미와 튤립 정도뿐, 대부분 이름을 알 수 없는 꽃들이 여기저기서 자태를 뽐내고 있었다.

흰 꽃, 분홍 꽃, 보라색 꽃, 잎이 가는 꽃, 아래로 얼굴을 떨어뜨리고 있는 꽃. 운동부가 맞나 싶을 정도로 다양한 꽃이 자리했다. 꽃밭에서 운동하는 기분은 어떨까? 철봉 앞으로 다가가 섰다.

꾸준히 연습한 결과 철봉 실력이 꽤 늘었다. 형의 말대로 하나 할 때가 가장 힘들었다. 그다음부터는 수월했다. 이제는 한 번에 다섯 개 정도는 가능하게 되었다. 철봉을 단단히 그러쥐고 등과 팔 근육을 이용하여 몸을 들어 올렸다. 턱은 가뿐하게 철봉에 닿았다.

"하나."

천천히 팔을 늘어뜨리며 아래로 내려왔다.

"둘."

또 한 번 반복.

"셋. 후……."

세 개 정도 하면 숨이 가빠지면서 힘이 빠졌다. 철봉에 매달린 채 호흡을 고르고 있을 때였다.

"꽤 하는데?"

누군가의 갑작스러운 등장에 깜짝 놀라 뒤를 돌아보았다.

"계속해. 우리 거라고 텃세 부리진 않을 테니까. 비어 있는데 놀리면 뭐 해."

정빈이었다.

"정리만 잘해 줘. 그러라고 만든 체력 단련실인데."

정빈은 손에 든 봉지를 부스럭거리며 캐비닛 쪽으로 걸음을 옮겼다. 녀석은 캐비닛을 열어 안에서 무언가를 꺼내며 물었다.

"철인 대회 준비는 잘돼 가? 이제 한 달도 안 남았다."

"그럭저럭."

장갑을 매만지며 대답했다. 정빈이 캐비닛 닫는 소리가 들렸다.

"애써 봐야 별수 없겠지만 노력은 가상하네."

정빈이 말했다.

"잘난 척하지 마."

"잘난 척하는 게 아냐. 현실을 말해 주는 거지."

"닥쳐."

정빈이 피식 웃었다. 말은 험악하게 오갔지만 분위기는 그리 나쁘지 않았다.

"무슨 일?"

내 물음에 정빈은 대뜸 신문지를 깔고 가져온 것들을 쏟아 놓았다. 꽃이었다. 캐비닛에서 꺼낸 것은 리본, 포장지, 테이프, 핀, 니퍼와 가위 등이었고. 내 시선을 느꼈는지 정빈이 다가오라는 손짓을 하며 말했다.

"가까이 와서 봐도 돼. 이미 들켰는데 숨길 게 뭐가 있냐."

정빈은 우선 탐스러운 보라색 꽃을 집어 들었다. 딱히 설명을 바란 것은 아니었는데 꽃을 흔들며 말했다.

"수국이야. 여름에는 수국이 예쁘거든."

정빈은 지름이 좁은 플라스틱 튜브에 물을 조금 채우더니 수국의 줄기를 잘라 그 안에 집어넣었다.

"워터튜브에 수명 연장제 처리된 물을 넣었어. 시든 꽃도 예쁘지만 수국은 역시 파릇파릇해야지."

듣고만 있는 것도 어색하여 어, 하고 대답하자 정빈은 옅은 웃음을 지으며 식물 더미에서 긴 줄기 하나를 꺼냈다. 정빈은 그것을 알맞게 잘라 수국에 둘렀다.

"아이비 덩굴로 장식할 거야. 그리고 패브릭을 이용해서⋯⋯."

정빈은 아이보리 색 천을 접어 모양을 만든 뒤, 워터튜브에 꽂힌 수국과 아이비를 감쌌다. 손으로 몇 번 툭툭 치며 모양새를 잡는가 싶더니 수국과 같은 색깔인 보라색 리본을 아래쪽에 묶어 꽃다발을 완성했다.

"이렇게만 두면 밋밋하잖아. 이건 크로셰라는 건데 나비 모양으로 장식할 거야."

식탁보를 잘게 찢어 놓은 것 같은 리본이 크로셰라는 것이었다. 크로셰를 꽃다발 아래에 묶고, 정빈은 만족한 듯 손을 털었다.

"자, 마지막으로 레몬 잎에 내가 직접 만든 이름표를 붙인 다음……."

정빈은 이름표가 붙은 레몬 잎을 패브릭 위에 부착했다.

"어때?"

정빈은 자랑스러운 표정으로 꽃다발을 내밀었다. 나는 엉겁결에 꽃다발을 손에 들었다.

"뭐야, 이거? 프러포즈라면 사양할게. 난 좋아하는 애가 따로 있거든."

"야, 누가 프러포즈래? 감상 좀 해 보라고."

짜식, 농담 한마디 한 거 가지고 버럭하긴. 정빈이 만들어 놓은 꽃다발을 한 바퀴 돌려 보았다. 알맞게 다듬어 놓은 속재료들, 정갈하고 안정된 구성, 군더더기 없는 깔끔한 마무리까지.

"생각보다 제법인데? 이 정도 실력일 줄은 꿈에도 몰랐어."

"누구한테 그런 말 들어 보기는 또 처음이네."

정빈이 얼굴을 붉혔다.

"언제부터 이걸 한 거야?"

"얼마 안 됐어. 작년 여름부터."

"꽤 됐네. 1년이 다 되어 가는데."

정빈이 고개를 끄덕이며 말했다.

"노력 좀 했지. 내가 꽃꽂이 배우려고 운동을 그렇게 열심히 한 거 아니냐. 엄마가 살만 빼라고 했거든. 그럼 꽃꽂이든 뭐든 시켜 주겠다고."

정빈은 어질러진 바닥을 정리하며 말을 이었다.

"우리 엄마, 내가 꽃 만지는 거 싫어해서. 남자애가 무슨 꽃꽂이냐고. 대꾸하기 싫어서 운동을 시작했지. 어쨌든 살만 빼면 꽃꽂이는 배울 수 있으니까. 근데 웃긴 게 내가 운동에 소질이 있더라?"

정빈이 웃음을 터트렸다. 나는 그게 왜 웃긴지 몰라 가만히 정빈을 바라보았다. 곧 웃음이 사그라들더니, 녀석은 사레라도 들린 것처럼 큼큼 헛기침을 했다.

"그건 선물로 줄게."

뜬금없이 선물이라니, 무슨 소리야? 진짜 나한테 프러포즈라도 할 셈이야? 그럴 거면 차라리 윤서한테나 가져다주지.

"왜?"

부담스럽다는 표정으로 물었다.

"감사의 표시라고 생각해 줘."

"감사? 나한테 감사할 게 뭐가 있어."

그러자 정빈은 어울리지 않게 얼굴까지 붉히며 말했다.

"비밀 지켜 줘서. 나 꽃꽂이 하는 거 말이야."

아아, 그거 말이지? 거참. 그게 뭐 그리 어려운 일이라고. 진심을 다한 정빈의 감사에 괜히 내 얼굴도 달아올랐다. 이것은 우정, 뭐 그런 종류의 것이 싹 틀 때나 형성되는 분위기 아닌가? 나는 괜히 꽃다발만 만지작거렸다. 어색한 분위기가 이어졌다.

"꽃꽂이 말이야."

정빈이 먼저 입을 열었다.

"부끄럽더라. 누구한테 이거 한다 말하기가. 너한테 그날 들켰을 때도 쪽팔려 죽는 줄 알았어."

"꽃꽂이가 뭐 어때서."

내 말에 정빈이 웃었다.

"그러니까. 그게 뭐 어때서."

정빈은 잠시 뜸을 들이더니 이렇게 말했다.

"솔직히 너도 리코더 부는 거 쪽팔리지?"

정말로 내 의견이 궁금한 표정이었다. 나는 닭 잡아먹고 오리발 내미는 심정으로 말했다.

"전혀."

사실이 아니었다. 왜 없었겠는가. 쪽팔릴 때, 당연히 있었지. 그래서 정빈의 마음이 충분히 이해됐다. 나만의 은밀한 특기가 누군가에 의해 조롱당하는 것만큼 자존심 상하는 것도 없다. 놀림거리가 되는 것도 속상하지만, 내 특기가 하찮게 여겨지는 것이 가장 가슴 아픈 일이다.

정빈은 전혀 쪽팔리지 않다는 내 대답에 상심한 모양이다. 의기소침하여 꽃꽂이용 가위만 만지작거리는 녀석의 팔뚝이 울끈불끈했다. 안 어울리긴 진짜 안 어울린다. 그래도 뭐 어쩌겠어. 좋으니까 하는 거고, 인정할 건 인정해 줘야지. 꽃을 든 근육남. 식스팩과 리코더. 이런 조합도 나쁘진 않으니까. 나는 용기 내라는 의미로 이렇게 말했다.

"쪽팔리면 어때. 좋은데 어쩌라고. 안 하곤 못 배기는 거잖아."

그런데 정빈은 또 엉뚱한 소리로 내 속을 뒤집었다.

"너야 쪽팔리고 마는 거지만, 나는 이미지에 큰 타격이 있거든. 야, 솔직히 최정빈이 꽃꽂이한다고 소문나면 내 팬들 다 떨어져 나갈지도 몰라."

와, 이건 도무지 들어 줄 수 없는 잘난 척이었다. 왕자병도 왕자병도 중증, 아니 말기에 가까운 왕자병이었다.

"너, 진짜 재수 없는 거 알고 있지?"

정빈은 여태 참고 있었다는 듯 큰 소리로 웃음을 터트렸다.

"농담이야, 농담. 내가 무슨 팬이 있다고."

말 한번 잘했다. 넌 팬 관리나 하고 있을 때가 아니잖아. 연애 사실을 만천하에 공개했으면 그에 맞게 처신을 잘해야지. 윤서한테 조금이라도 상처줬다간 최정빈 네놈을 결코 용서하지 않을 테다. 최선을 다해 네 녀석의 꽃꽂이 취미를 동네방네 떠벌리고 다닐 테니 각오하라고. 여기까지 떠오른 생각을 한마디로 정리해서 정빈에게 경고하듯 말했다.

"너, 소문대로 바람둥이냐?"

취조라도 하듯 물었더니 정빈이 발끈했다.

"바람둥이? 무슨 소리야. 나 완전 일편단심 민들레인데."

민들레라. 누가 사귀는 사이 아니랄까 봐 이 자식도 민들레 운운하네. 그래, 너 민들레 해라.

"윤서한테 잘해 줘."

내가 뭐 윤서 오빠도 아니고 전 남친도 아니고 아무것도 아니지만, 윤서가 눈물 흘리는 건 보기 싫었다. 정빈이 내 어깨를 툭 치며 엄지를 들어 보이며 말했다.

"걱정 마. 행복하게 해 줄게."

그러고는 오른손을 내밀었다. 악수라도 하자는 거냐. 그리고 그 닭살 돋는 멘트는 뭐냐, 건방진 자식.

그럼에도 불구하고 나는 녀석의 손을 잡고 힘차게 흔들었다. 이로써 나는 윤서에 대한 마음을 깨끗이 접기로 했다. 그러나 마지막으로 한 가지 질문은 꼭 하고 싶었다. 구질구질하게 보일지 모르겠지만 답을 들어야 윤서를 깔끔하게 보내 줄 수 있으리라. 나는 정빈의 손을 잡아당겨 녀석의 귀에 속삭였다.

"뭐 하나만 물어봐도 되냐?"

"뭔데?"

막상 입을 열자니 긴장이 됐다. 그러나 지금 아니면 물어볼 기회는 없다. 오늘 꼭 물어봐야 한다. 매일 밤 꿈속에서 나를 괴롭히던 그 장면, 그것을 꼭 물어봐야 한다.

"윤서랑…… 키스해 봤냐?"

갑작스러운 질문에 정빈은 당황했지만 곧 고개를 끄덕였다. 순간 나도 모르게 욕이 나올 뻔했다.

"진짜?"

아니라고 해 줘, 제발! 그러나 녀석은 또 한 번 고개를 끄덕임으로써 확인 사살까지 마무리했다. 갑자기 꽃꽂이고 뭐고 다 소문내고 싶어지네. 녀석의 잡은 손을 내팽개치듯 놓았다.

"그래, 키스나 실컷 해라. 더러운 놈."

"뭐? 더, 더러운 놈?"

"그래, 이 더럽고 치사한 놈아."

나는 그길로 자리에서 일어나 동아리실을 나왔다. 이제 와서 아름답지 못하게 그게 무슨 매너냐고? 몰라서 하는 소리. 짝사랑이란 원래 그런 거다. 미련 없다 하지만 자꾸 미련이 남는 거.

* * *

꽃다발을 어떻게 처리할 것인가. 한참을 고민하며 보라색 수국을 노려보았다. 정빈은 보라색 수국의 꽃말이 '진심'이라고 했다.

진심. 언제부터인가 내 속에는 진심이 사라지고 없었다. 누구를 대하더라도 거짓 가면을 썼다. 난 애초에 거짓 같은 존재였으니까. 엄마도 아버지도 형도 생일도 모두가 거짓이었다. 어쩌면 내 나이는 열일곱보다 많을지도 혹은 적을지도 모른다.

내 시작이 어디서부터인지 알지 못한 채, 그저 아무렇게나 주어진 대로 살고 있는 것이다. 그러니까 난 뼛속부터 거짓 같은 존재였다. 나는 거짓이 되어 가는데 가족은 그게 아니라고 했다. 너는 진짜 우리 가족이라고. 가슴으로 낳은 자식이고 정을 나눈 형제라고. 헛소리라고 생각했다. 다 뻥이지. 진심 아니지.

배 아파 낳은 자식, 피를 나눈 형제이고 싶었다. 내 부모님이 실은 부모님이 아니고 내 형이 실은 형이 아닌 사실은 견디기 힘들었다. 아무리 그런 거 아니라고 위로를 해도 그런 거였다. 나는 부모 잃은 입양아일 뿐이었다.

2년을 껍질만 가지고 살았다. 유일하게 나를 지탱해 준 것이 리코더였다. 리코더는 과거의 나와 현재의 나를 이어 주는 고리였다. 나는 과연 무엇이었을까? 리코더는 과연 어떤 의미였을까? 알고 싶어서 리코더를 불고 또 불었는데 겨우 알게 된 것은, 어쨌든 난 그 리코더 덕에 살아 있다는 사실이었다.

삶의 끈을 이어 준 리코더가 원망스러울 때도 있었다. 차라리 그때 확 죽어 버렸더라면, 그럼 이따위 인생은 없었을 텐데. 그런 생각을 하기도 했다.

결국 엄마한테 꽃다발을 선물하기로 했다. 엄마는 살다 보니 이런 날이 다 있다며 뛸 듯 기뻐했다. 생전 꽃다발 선물은 받아 본 적이 없다는데, 내가 봐도 아버지는 엄마 손에 꽃다발을 쥐여 주기보단 닭다리나 국자를 쥐여 줄 때가 많았다. 눈치 없는 형 또한 그런 것을 기대할 수 있는 위인이 아니었다. 그러니 막내아들이 내민 꽃다발에 감격하지 않고 배기겠는가. 엄마는 감동의 도가니에 빠져 허우적대다 끝내는 내게 보답하고 싶다고 했다.

"네 생일이기도 하니까."

그래, 오늘은 내 생일이지.

엄마는 철인 대회에 신고 나갈 운동화를 사 주겠다고 했다. 엄마와 함께 신발 가게에 들렀다. 나는 검은색이 좋은데 엄마는 굳이 흰색을 고집했다.

"이거 사, 이거. 너무 예쁘지 않아?"

하얗다 못해 뽀얀 런닝화였다. 엄마는 일시불로 운동화를 결제하며 말했다.

"꼭 우승해야 한다."

그러고는 그 자리에서 한땀 한땀 정성을 다해 신발 끈을 끼워 주었다.

"엄마, 이거 부담스러워서 신겠어?"

"애초에 기대도 안 한다. 우승은 무슨. 농담이지."

"어, 그거 얘기한 게 아닌데. 신발이 너무 하얘서 더러워질까 봐 부담스럽다고 한 건데. 우승은 따 논 당상이지. 뭐야, 속으로는 내가 우승 못 할 거라 생각한 거야? 이거 실망이 큰데."

"아니, 아니. 아들이야 당연히 우승감이지."

듣기 좋으라고 하는 소리에 피식 웃음이 났다.

"내가 우승은 무슨. 완주라도 하면 다행이지. 어쨌든 고마워. 잘

신을게."

엄마는 신발 길들이는 데는 자주 신는 게 최고라고 했다. 덕분에 나는 새 신발을 신고 하천 산책길을 걸어야 했다. 엄마도 파워워킹을 하며 신나게 운동을 했다. 한참을 걸었더니 땀이 나기 시작했다. 엄마도 힘에 부치는지 근처 벤치를 가리키며 말했다.

"좀 쉬었다 갈까?"

"응."

엄마는 죽겠네, 소리를 내며 벤치에 철퍼덕 엉덩이를 주저앉혔다. 나도 엄마 옆으로 다가가 앉으며 숨을 골랐다. 늦봄의 시원한 바람이 기분 좋게 불어왔다. 풀벌레 소리를 배경 삼아 지나다니는 사람들을 보고 있는데 엄마가 불렀다.

"아들, 뭐 하나 물어봐도 돼?"

"성적, 이성 교제, 진로 문제만 빼고 다 물어봐."

설핏 웃던 엄마는 잠시 머뭇대다 입을 열었다.

"아빠가 닭집 시작한 이유…… 혹시 알아?"

"그거야, 형이 닭을 좋아하니까."

"형 닭 안 좋아해."

"무슨 말도 안 되는 소리야. 형이야말로 닭들의 철천지원순데."

"아니라니까. 진짜 안 좋아해."

"진짜?"

가만 생각해 보니 그랬던 것 같기도 하다. 형은 어릴 때 닭한테

쪼인 적이 있다. 그때부터 닭을 무서워하더니 닭고기는 입에도 대지 않았다. 왜 그걸 잊었을까. 닭 공포증 환자라고 그렇게 많이 놀렸는데.

"잊었나 본데 아빠가 통닭 사 오면 너 혼자 다 먹고 그랬다."

나 때문에 닭집 한다는 소리처럼 들렸다. 갑작스러운 깨달음으로 혼란해하는 내게 엄마가 종이 가방 하나를 내밀었다.

"이건 뭐야?"

"열어 봐."

"또 선물? 웬일로 선물이 이렇게 많아? 적응 안 되게."

"누가 들으면 생일 한 번 안 챙겨 준 나쁜 엄마라고 생각하겠다."

종이 가방에는 클리어파일 한 부가 들어 있었다.

"아빠가 주는 선물."

색이 바랜 오래된 파일이었다.

"완전 골동품이네. 팔면 돈 좀 되는 거야?"

농담이라고 한 건데 엄마는 웃지 않았다. 대신 나를 물끄러미 바라볼 뿐이었다.

"왜? 얼굴에 뭐 묻었어?"

엄마는 대답 없이 내 어깨에 머리를 기댔다. 뜬금없는 엄마의 행동에 어깨만 내 준 채 굳어 있는데 이번에는 엄마가 가만히 내 손을 잡았다. 우리는 한동안 침묵을 지키며 있었다. 그러다 팔이 저려 자세를 조금 고치려 할 때 엄마가 말을 꺼냈다.

"아빠가 너 입양하자고 했을 때 솔직히 엄마 고민 많이 했어. 그러니까 너 형한테 진짜 고마워해야 해."

"뭐?"

엄마의 깜짝 고백에 나는 할 말을 잃었다. 이 타이밍에 갑자기 무슨 소리인가? 엄마는 입양과 관련된 잔혹한 가족사를 또 한 번 들출 셈인가?

"형이 너 엄청 예뻐했어. 결정적으로 형의 한마디에 엄마가 넘어갔지."

형이 나를 예뻐한 이유는 다른 게 아닐 것이다. 이것저것 부려 먹으려고 그러는 거겠지. 아까도 형한테 문자가 왔다. 병원 올 때 아이스크림 좀 사 오라면서 말이다.

엄마가 말을 이었다.

"너 입양 안 할 거면 지금이라도 동생 하나 낳아 달라고 그러더라. 그때가 엄마 나이 마흔이 넘었을 땐데 말이 되니?"

나는 형의 아이스크림 심부름 때문에 심각한데 엄마는 그때를 떠올리며 웃었다. 엄마, 엄마가 그때 입양 결심만 하지 않았어도 내가 이 고생은 안 했을 거라고요.

"근데 아들, 생각해 보니까 형한테 고맙다고 해야 할 사람은 엄마더라."

나를 바라보는 엄마의 눈빛이 흔들렸다.

"아빠, 너 데려오기 전에 얼마나 악몽에 시달리셨는지 몰라. 자면서 땀을 흠뻑 흘리고 일어나서 한다는 말이 '대한이 잘 있는지 보고 와야겠어.' 이러곤 새벽에 병원에 다녀오더라니까. 지금도 가끔 그 꿈을 꾸신다니까 할 말 다 했지, 뭐."

"그게 뭐 그렇게 끔찍한 일이라고……. 사고 날 수도 있지."

엄마는 모르는 소리 말라며 내 팔을 살짝 꼬집었다.

"아빠는 그날 일 평생 잊지 못하실 거야."

그러고는 엄마는 내 등을 가만히 쓸어 주었다.

"네가 아니었으면 아빠는 벌써 무너졌을 거야. 그건 엄마도 마찬가지고."

등으로 느껴지는 엄마의 손길이 따뜻했다.

"내가 뭘 했는데."

"엄마 아들로 있어 줬잖아."

내 눈을 바라보는 엄마의 눈이 촉촉하게 젖어 있었다.

"아들, 생일 축하해."

엄마가 나를 꼭 안아 주었다.

고마워요, 속으로 그렇게 말하며 나도 엄마의 등을 어루만졌다.

　오른쪽으로 줄느런한 가로등에 반짝 불이 켜졌다. 가운데로 난 널찍한 보도블록은 완만한 비탈을 이루었다. 때 이른 더위 때문인지 길옆 담벼락의 덩굴장미는 벌써 꽃봉오리를 물었다.

　생일만 되면 부모님 손을 잡고 들른 추모 공원. 그곳으로 향하는 길을 오늘은 나 혼자 오르는 중이다.

　"인사해라. 너를 있게 해 준 분이다."

　아버지는 모호한 말로 봉안당의 주인을 소개했다. 나는 혹시 내가 모르는 조상님이라도 계시나 하는 생각을 하며 고개만 까딱했다.

　이곳이 다른 의미로 다가온 것은 출생의 비밀을 알고나서였다. 이후 나는 이곳을 찾지 않았다. 난데없는 생의 비밀을 받아들이기엔 아직 마음의 준비가 부족했다. 그렇다고 언제까지 미적미적 준비 기간을 늘릴 수도 없는 노릇이다. 준비가 됐든 안 됐든 나는 진실을 마주해야 한다. 그게 리코더에 대한, 그리고 내 가족에 대한 최소한의 배려일 것이다.

이곳에 잠들어 있는 분은 나의 생모임이 틀림없다. 웃기게도 이 유골함에는 친엄마의 유골이 들어 있지 않다. 대한빌딩 화재 사고 수습 과정에서 신원 미상의 연고자 없는 시신은 합동으로 화장해 버렸으니까. 아버지는 뒤늦게야 유골을 찾으려 했으나 뼛가루는 이미 먼바다로 흘러가 버린 후였다.

유골함은 채워야겠고, 주변에 보이는 거라곤 달랑 리코더 하나. 그마저도 어린 내가 온종일 달고 살았으니 아버지는 난감할 수밖에 없었을 것이다. 아버지는 하는 수 없이 어린 것이 쥐고 있던 리코더를 빼앗았다고 한다. 그 리코더를 뺏기고 어찌나 울던지, 다른 리코더를 사 주었는데도 몇 날 며칠을 내 리코더 내놓으라고 고래고래 소리 질렀다고 한다. 그런 걸 보면 핏줄이라는 게 진짜 있는 것 같기도 하다. 어린 나이에도 그것이 엄마 유품이라는 것을 직감했던 모양이지.

어리석게도 아버지는 리코더를 다 태워 버린 후에야 '아, 그래도 하나밖에 없는 유품인데 남겨둘 걸 그랬다' 하고 생각했단다. 정 안 되면 흙가루라도 채워 넣으면 되는 건데. 그럼 뭐 하나, 리코더는 이미 재가 되어 버렸는데. 아무튼 대책 없는 건 알아줘야 한다.

언덕을 다 오르자 이마에 땀이 맺혔다. 건물 입구 정수기에서 물을 한잔 마시고 안으로 걸음을 옮겼다. 봉안당은 2층. 현관에 줄지어 세워진 추모 꽃다발을 뒤로한 채 계단을 올랐다. 다-198번 방 G8번. 나는 그 앞에 우두커니 섰다. 친엄마가 여기에 있다.

리코더 재가 안치된 유골함을 가만히 들여다보았다. 다른 유골함처럼 사진이 있으면 좋으련만. 아버지가 투박하게 써 놓은 추모 글만 바라볼 수밖에 없었다. 나는 한자 한자 소리 내어 읽었다.

"그 누구보다 리코더 솜씨가 뛰어났던 그대에게."

이왕이면 좀 멋지게 쓸 것이지. 출생의 비밀을 알기 전, 한번은 아버지에게 왜 이런 글을 썼냐고 물은 적이 있다.

"세계적으로 유명한 리코디스트였어?"

그때만 해도 나는 한국을 대표하는 리코디스트가 되겠다며 열을 올렸다. 심각하게 고민하던 아버지의 대답은 이랬다.

"음악이라는 게 얼마나 대단한지는 모르겠지만 사람 살리는 음악 정도면 괜찮은 거 아니냐?"

사람을 살리는 음악이라는 게 어떤 의미인지 그때는 몰랐다. 한마디로 리코더를 비상용 호루라기처럼 썼다는 소리다. 뭘 그렇게 거창하게 설명한 건지.

가만히 유골함을 쓰다듬었다. 언제나 그렇지만 유골함을 만질 때면 코끝이 찡하다.

"또 올게요."

추모 공원 가로등은 이상하게 어두웠다. 일부러 으스스하게 연출하려고 그런 걸까? 좀 밝다 싶은 가로등을 찾아 그 앞 벤치에 자리 잡고 앉았다.

늦은 밤 공동묘지 벤치에 앉아 있으면 귀신이라도 나올 것 같은 분위기가 연출되지만, 요즘 추모 공원은 워낙 현대식이라 그런 기분이 느껴지지 않는다. 오히려 도시 외곽 공기 좋은 곳에 위치한 추모 공원은 이름처럼 공원 느낌이 물씬 풍겼다.

엄마가 준 아버지의 파일을 펼쳤다. 오래된 신문이 반듯하게 잘린 채 비닐 안에 한장 한장 정성껏 정리되어 있었다. 대부분의 스크랩은 16년 전 대한빌딩의 화재 사건을 다룬 기사 내용이었다.

개중에는 아버지가 낸 사람 찾는 광고도 있었다.

'사람을 찾습니다, 대한이의 가족을 찾습니다.'

신문사마다 광고를 냈는데도 연락이 없었던 모양이지. 가족 중 누구 하나는 그 광고를 발견했을 법도 한데. 친엄마의 가족관계가 궁금해졌다.

친엄마는 어떤 사람이었을까? 친아버지도 분명 있었을 텐데 그분은 어디서 무엇을 하고 있기에 사라진 아들을 찾지 않는 걸까? 혹시 같이 사고를 당한 걸까? 가족이 그날 대한빌딩에서 외식이라도 하다가 한꺼번에 변을 당했는지도 모른다. 얼마든지 개연성 있는 이야기였다.

그와 관련해서 안 해 본 상상이 없다. 그래 봤자 모두 소설이었다. 진실을 누가 알겠는가? 대한빌딩과 함께 묻혀 버린 내 가족사는 온전히 연소되어 이제는 처음도 끝도 알 도리가 없다.

나를 버리고 그렇게 가 버리다니. 한 번도 보지 못한 엄마지만 원망하는 마음이 컸다. 한편으로는 한 번만이라도 보고 싶다는 생각이 사무칠 때가 많았다. 복잡한 마음을 뒤로하고 스크랩을 넘겼다. 다음 장에는 아버지의 편지가 있었다.

사랑하는 아들, 생일 축하한다. 선물로 무엇을 줄까 고민하다가 이걸 주어야겠다고 생각했다. 어쩌면 네 친가족을 찾을지도 모른다는 생각으로 스크랩을 모으고 또 모았다.

그런데 이제는 그런 생각 안 하려고. 넌 내 친아들이나 마찬가지니까. 그래서 스크랩을 버리려고 했는데 네 생각은 어떨지 모르겠더구나. 그래서 이렇게 스크랩을 선물한다. 처분하든 간직하든 마음대로 하려무나.

다시 한번 생일 축하한다.

추신. 간만에 아들이랑 운동하니까 참 좋더라. 이기는 게 중요한 건 아니잖니? 철인 대회 최선을 다해 준비하거라. 파이팅이다.

짧게 추려 쓴 편지에는 고민한 흔적이 역력했다. 썼다 지웠다를 반복했는지 연필을 지운 흔적이 가득한 편지였다.

"글씨 참 못 쓰네."

아버지는 소방관으로 일하다 입은 손가락 부상 때문에 글쓰기를 유독 힘들어했다. 어쩌면 아버지 편지처럼 나 또한 내 가족사를 몇 번이나 썼다 지웠다 했을지 모른다. 내 처음이 궁금해서, 그 처음이 알고 싶어서. 결국은 모르겠다로 결론이 나 버렸고, 나는 내 삶을 아무렇게나 집어던지고 말았다. 더는 가족 따위 필요 없다고, 세상에 나 혼자 버려졌다고 생각했다.

일순 눈앞이 반짝 빛난 듯했다. 고개를 들었더니 빛덩이가 하나가 하늘에 선을 그었다. 이윽고 차례로 떨어지는 별똥별이 하늘에 빛줄기를 수놓았다.

"아, 오늘이⋯⋯."

휴대폰을 켜서 날짜를 확인했다. 윤서가 말한 역대급 우주 쇼가 펼쳐지는 날이 바로 오늘이었다. 윤서의 얼굴이 떠올랐다. 정빈의 여자 친구가 되어 버린 윤서. 우주 쇼 잘 보고 있다고 문자라도 보내 볼까? 카톡을 켰다.

'하늘에 별똥별이⋯⋯.'

문자를 쓰다가 이건 아니다 싶어 꺼 버렸다. 쓰면 뭐 하나. 남의 여친한테.

휴대폰을 옆에 내려놓고 하늘을 올려다보았다. 하늘을 꽉 채우도록 별은 쏟아지는데 마음은 허전했다. 그 시린 마음이 왠지 바보 같고 싫었다.

"강대한, 이 등신아. 그만 좀 생각해. 보내 주기로 했으면 깔끔하게 보내 주라고. 뭘 자꾸 그리워하고 있어. 됐어, 이제. 끝난 일이야."

그런데 타이밍이라는 게 참 우습지. 마음 비우려고 애를 쓰고 있는 그때, 기다렸다는 듯이 휴대폰이 울렸다.

우주 쇼 보고 있어요? 빨리 소원 빌어요. 생일이라면서요.

"뭐야, 이거."
윤서의 문자였다.

내가 생일 축하해 준다고 했잖아요. 나 약속 완전 잘 지키죠?

문자 이모티콘으로 토끼가 축하한다며 팔짝팔짝 뛰고 있었다. 그걸 보는데, 웃음이 나왔다.

이거 어쩌지? 한동안 짝사랑을 계속해야 하나? 모르겠다. 사람 마음이라는 게 쉽게 펴지지도 않지만, 그만큼 쉽게 접어지지도 않는 것 같다. 시간이 지나면 어떻게든 되겠지. 내가 우리 가족을 받아들이고, 생의 비밀을 감내하고, 나를 위해 목숨까지 바친 친엄마의 사랑을 감사하게 된 것처럼.

다시 하늘을 보았다. 아직 별똥별은 하늘 위에 희미한 빛줄기를 그리고 있었다. 내친김에 윤서 말대로 소원이나 빌어 보자 싶었다. 그런데 무슨 소원을 빌지? 하나 떠오르는 게 있었다. 나는 양손을 입가에 모으고 아주 은밀하게, 나만 들리는 목소리로 소리쳤다.

"여자 친구 생기게 해 주세요오."

그리고 우리 가족 모두 행복하게 해 주세요. 이제는 정말로 둘도 없는 내 가족 할 테니까요.

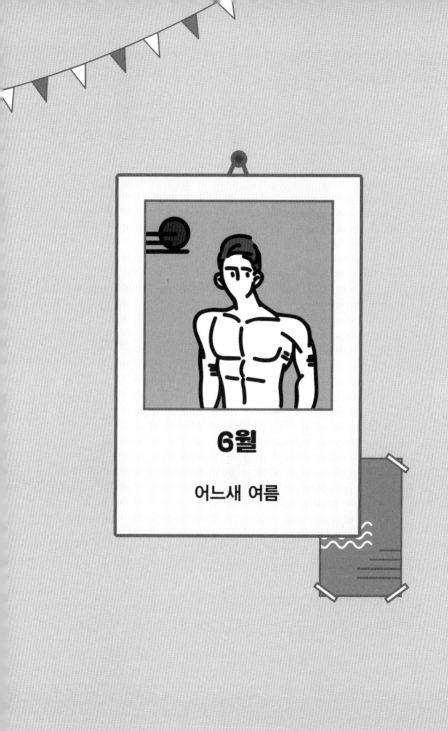

6월

어느새 여름

달리기 연습 중에 전화가 왔다. 윤서였다.

"왜?"

요새는 윤서를 최대한 무뚝뚝하게 대하려 했다. 관심 없는 척하려고 말이다. 그런데 오늘은 그게 쉽지 않았다. 윤서가 수화기 너머에서 흐느끼고 있었다.

"선배, 제혁이가……."

"울지 말고 얘기해. 무슨 일인데?"

"그 자식이 제혁이를 데려갔어요."

"누구?"

그렇게 물었지만 이미 정답은 알 것 같았다. 떠오르는 얼굴이 하나밖에 없었다. 축제 날 학교로 찾아와 우리 공연을 엉망진창 만들었던 그놈.

"석주 말하는 거야? 걔가 왜?"

"제혁이랑 같이 집에 가는 길에…… 그 자식이……. 제혁이가 도망치라고 해서 도망 오긴 했는데……."

윤서는 자꾸만 울었다.

"일단 갈게. 거기가 어디야?"

윤서는 꾀바른 아이다. 제혁이 도망가라고 한다고 곧이곧대로 도망가는 아이가 아니었다. 몰래 미행하며 제혁을 쫓았는데, 석주는 제혁을 학교 부근의 사람 없는 한적한 공터로 데려갔다고 했다. 뭘 어쩌려고. 나는 불안한 마음을 추스르며 윤서가 기다리고 있는 곳으로 달려갔다.

그러나 내가 도착했을 때 상황은 이미 정리된 후였다. 정빈이 그 자리에서 석주와 주먹을 주고받으며 뒹굴고 있었다. 당연한 순서였는데 왜 몰랐을까. 윤서가 나보다 정빈에게 먼저 연락했음을. 윤서의 연락을 받고 곧장 달려온 정빈은 제혁을 구하겠다는 일념 하나로 뒤도 돌아보지 않고 석주에게 달려들었다. 말릴 틈도 없었다. 누군가 신고를 했는지 경찰이 출동을 했고 정빈과 석주는 현장에서 덜미를 잡혔다.

경찰이 정빈과 석주를 경찰차에 태우려는데 윤서가 급히 달려가 정빈 옆자리에 앉았다.

"학생은 타면 안 되는데……."

경찰 아저씨의 말에 윤서는 고개를 빳빳이 들고 말했다.

"같이 갈 거예요."

윤서가 정빈의 팔을 붙잡았다.

"학생, 장난해? 경찰차가 무슨 택시인 줄 알아? 얼른 내려."

그러나 윤서는 고개만 도리도리 저었다.

"싫어요. 같이 갈 거라고요."

아저씨가 허탈한 웃음을 보였다. 그럼 나도 가만있을 수 없지.

"옆으로 좀 땡겨 봐."

안으로 더 들어가라고 손짓하며 엉덩이를 들이밀었다.

"자리 없어요!"

윤서가 앙칼지게 소리쳤지만 나는 어떻게든 윤서 옆에 자리를 잡고 앉으려 했다. 윤서만 경찰서에 보낼 수는 없었다.

"학생은 또 뭐야?"

경찰 아저씨는 슬슬 짜증이 난다는 얼굴로 물었다.

"얘 동아리 선배인데요."

윤서를 가리키며 말했다.

"동아리 그만둔 지가 언젠데. 빨리 내려요!"

윤서가 그렇게 항의했지만 나는 아랑곳하지 않고 자리를 지켰다. 경찰 아저씨는 코웃음을 치더니 다짜고짜 내 팔을 잡아당겼다.

"빨리 내려. 빨리."

"아, 안 돼요."

안전벨트를 잡고 아저씨와 씨름하는데 나도 힘이 많이 좋아졌나 보다. 아저씨가 끙끙대면서도 나를 끄집어내지 못했다. 결국 안 되겠다 싶었는지 아저씨가 버럭 고함을 질렀다.

"당장 안 내려? 공무집행방해죄로 확 구치소에 넣어 버린다."

그건 좀 곤란한데. 할 수 없지. 내리자는 의미로 윤서를 보았지만 윤서는 고개를 강하게 저었다. 결국 윤서는 정빈이 내리라고 하고서야 울먹이며 고개를 끄덕였다.

"괜찮아. 걱정할 거 없어."

정빈이 윤서를 달랬지만 윤서는 자꾸 울기만 했다. 제혁은 넋을 놓고 있었다.

"다친 데 없어?"

내가 묻자 그제야 제혁의 눈빛이 되살아났다.

"다치고 할 것도 없어요. 정빈 선배가 워낙 빨리 와 준 바람에……. 한 대밖에 안 맞았어요. 그 정도야, 뭐."

제혁은 제 배를 두드리며 강한 맷집을 자랑했다.

"어떻게 된 거야? 지난번 축제 때 일 때문에?"

제혁이 고개를 저었다.

"그것보다…… 제가 좀 대들었어요. 그만 좀 찾아오라고."

"정말?"

"네. 그때 선배가 그랬잖아요. 당하고만 살지 말라고."

제혁이 얼굴을 붉혔다.

"형, 저도 이제 운동 좀 해 보려고요."

나는 고개를 끄덕여 보였다.

"좋지."

우리는 곧장 버스를 타고 경찰서로 향했다. 서에 들어가자 경찰 아저씨에게 한 소리를 듣고 있는 정빈과 석주의 모습이 보였다. 아저씨는 정빈과 석주의 머리통을 한 대씩 쥐어박으며 앞으로 한 번만 더 이런 일이 있으면 가만두지 않겠다고 했다. 특히 석주는 두 배로 잔소리를 들어야 했다. 잠시 후 양쪽의 부모님과 학교 선생님들이 경찰서에 들이닥쳤다.

"두고 봐."

석주는 돌아가는 순간까지 정빈을 노려보았다. 정빈 역시 지지 않고 석주를 향해 이를 갈았지만 곧 엄마에게 등짝을 얻어맞고 온몸을 비틀었다.

"아파!"

아주머니는 아프다는 아들의 말을 귓등으로 흘려들었다.

"살 빼라고 운동시켰지 싸움하라고 운동시켰어?"

아주머니는 정빈의 등짝을 연달아 세 번이나 후려쳤고 그때마다 정빈은 외마디 비명을 내지르며 잘못했다고 빌었다. 윤서는 정빈이 맞을 때마다 어깨를 움찔하며 내게 물었다.

"등짝 맞아 봤어요?"

"아니, 전혀."

"어떤 느낌일까요?"

"뭐…… 고통스럽겠지."

그러고 보니 나는 등짝을 맞아 본 적이 한 번도 없다. 대신 형이 부모님에게 등짝을 맞는 모습은 수없이 보았다. 정빈의 엄마를 보면서도 그런 생각이 들었다. 진짜 엄마란 등짝을 때릴 수 있는 존재일까?

그때 엄청난 고통이 척추를 타고 뇌에 전달되었다. 말도 못하게 아파 끙끙거리고 있는데 깜짝 놀란 표정의 윤서가 눈에 들어왔다.

"너무 세게 쳤나? 아파요? 한번 맛이나 보라고……."

"너…… 손이 엄청 맵구나……."

등짝이란 아무한테나 내주는 게 아니구나 하는 생각이 들었다. 윤서 정도는 돼야지.

다음 날 학교는 뒤집어졌다.

"안 그렇겠냐? 가뜩이나 정빈이 연애 소식에 시국이 하 수상한데."

체력 단련실에서 운동을 하는 중이었다. 운동을 도와주던 도엽은 그렇게 말하며 혀를 찼다.

오늘 아침 학교 게시판에 정빈의 동아리 회장 자격을 박탈한다는 징계 공고문이 올라왔다. 철인 정신을 위배했다는 이유였다.

'미래고 학생은 어떤 일이 있어도 폭력을 행사하지 않습니다.'

석주와 싸운 일 때문이었다. 청천벽력 같은 소식을 접한 몇몇 여자아이는 그럴 리가 없다며 눈물을 보이기도 했고, 잘난 척하더니 고소하다며 좋아하는 남자아이들도 있었다.

나는? 솔직히 모르겠다. 정빈이 회장 자격을 박탈당한다고 해서 우리의 승부가 끝나는 건 아니니까. 어쨌든 동아리실을 건 냉혹한 승부는 끝을 봐야 한다. 리코더부와 철인 스포츠부의 공생은 과연 어떤 파국을 맞게 될까?

"자, 다시 해 보자. 너무 쉬면 몸 식으니까."

도엽의 말에 나는 다시 철봉을 붙잡았다.

"응."

"쉬지 않고 열 개?"

도엽이 물었다.

"오케이. 간다."

일단은 철봉부터 마저 끝내고 생각해 봐야겠다.

* * *

결전의 그날이 쏜살같이 다가왔다. 아침부터 교내가 소란스러웠다. 올해는 학부모 중에서도 철인 대회 출전 신청을 받았다고 한다. 온 가족이 운동복을 입고 몸 푸는 모습도 보였고 나이 지긋한 할아버지가 앙상한 팔다리를 죽죽 늘이고 있는 모습도 보였다. 학생 선수들도 한데 모여 경기를 준비했다. 도엽을 비롯한 철인 스포츠부 애들도 몸을 풀고 있었다.

엄마가 사 준 새하얀 운동화 끈을 단단히 묶고 있는데 정빈과 윤서, 그리고 제혁이 내 쪽으로 다가오는 게 보였다.

"선배!"

윤서가 달려오더니 나를 와락 안았다. 얼굴이 달아올라 정빈을 보았다. 정빈은 어깨만 으쓱할 뿐 화를 내지는 않았다. 오히려 당황한 쪽은 나였다.

"야야, 장윤서. 뭐 하는 거야? 최정빈이 보고 있잖아."

하지만 윤서는 나를 놓아주지 않았다.

"잘해야 해요."

"자, 잘하긴 뭘……."

"꼭 1등하라고요."

"1등? 야, 최정빈이 섭섭하겠다."

그러나 녀석은 상관없다는 얼굴이었다. 윤서의 말이 이어졌다.

"아, 물론 우리 정빈 오빠도 1등 해야죠."

"치, 그게 뭐야."

윤서는 주먹을 불끈 쥐며 말했다.

"철인 대회 첫 출전이잖아요. 모두를 놀라게 해 달라고요."

정빈도 내 어깨를 툭 치며 말했다.

"페이스 조절 잘해야 해. 초반에 힘 빼지 말고. 그렇다고 너무 처지면 나 못 따라온다."

"누가 누굴 걱정해? 너나 내 꽁무니 잘 쫓아와."

비꼬듯 말했지만, 정빈은 픽 웃고 말 뿐이었다.

"그리하여 철인 대회에 출전한 모든 미래인들은 그동안 갈고닦은 실력을 마음껏 발휘하기 바랍니다. 철인을 길러 낸다는 미래의 기치를 높이 들어, 더욱 발전하는 우리 미래고가 되기를 바랍니다. 감사합니다."

교장선생님의 지루한 개회사가 마침내 끝났다. 그와 동시에 사람들의 함성과 박수갈채가 터져 나왔다. 본격적으로 대회가 시작된 것이다.

"학부모들께서는 대회 코스 바깥쪽으로 위치해 주시고, 어떤 일이 있어도 경기장에 난입하는 일이 없도록 주의해 주시기 바랍니다."

선생님의 안내가 끝나고 선수들이 출발선에 모였다. 첫 코스는 호수를 가로지르는 수영. 참가 선수들을 죽 훑어보았다. 수영을 못하는 아이들은 구명조끼를 착용했다. 저래 가지고는 속도가 안 나지. 맨몸으로 있거나 웨트슈트 정도를 입은 사람들이 진짜 경쟁자일 것이다.

나도 수영복 차림으로 출발선에 섰다. 남들 앞에 수영복만 입고 선다는 것이 아직은 부끄러웠다. 예전에는 몸을 꽁꽁 싸매느라 수영복 외에도 이것저것 걸쳤는데, 이젠 딱 수영복 하나만 입으니

옷 입는 시간은 절약되었다. 오른쪽 다리의 화상 자국은 여전히 흉했고, 힐끔거리는 사람도 있어 신경이 쓰였지만 한번 참아 보기로 했다. 그보다 더 신경 쓰이는 사람들이 나를 향해 손을 흔들고 있으니.

"우리 대한이 최고! 식스팩 멋지다!"

형은 병원에 얌전히 있으라는 내 말을 무시하고 결국 응원을 왔다. 팔에는 여전히 붕대를 감고 있지만, 제법 살 만한 모양이었다. 형은 오른팔엔 '식스팩 전문 모델 강대한' 왼팔엔 '미래고 아이언맨 강대한'이라는 유치한 문구가 적힌 플래카드를 매달고 펄럭펄럭 탈춤이라도 추는 것처럼 몸을 흔들었다.

거기까지만 해도 그냥 넘어가려 했는데.

"창피하게 뭐 하는 거야……."

형의 난동에 이어 아버지와 엄마가 아예 자리 잡고 콜팝 장사를 시작한 것이다. 황당하게도 장사는 의외로 문전 성시를 이루었다. 손님들에게 열심히 콜팝을 팔아 대던 아버지는 틈나는 대로 나를 바라보며 미소를 지었는데, 그 미소는 '열심히 해, 내 아들'이라기보단 '이번 기회에 한몫 단단히 챙겨야지' 하는 미소 같았다. 정말이지 못 말리는 가족이 아닐 수 없다. 만행은 저들이 저지르는데 부끄러움은 왜 내 몫이 되어야만 하는가. 나는 뜨거워진 귓불을 문지르며 고개를 숙였다.

마침 체육 선생님이 신호총을 들고 출발선 앞에 섰다.

"자, 선수들은 정렬해 주세요."

나는 물안경을 쓰고 모자를 고쳐 쓴 다음 심호흡을 하며 손목, 발목을 털었다.

"준비."

긴장하지 말고 페이스 잘 유지하면 돼. 최면을 걸었지만 심장은 고장 난 기관차처럼 먼저 달리기 시작했다. 선생님이 신호총을 들어 올렸다.

"후우."

호흡을 가다듬으며 다음 신호를 기다렸다. 그리고 마침내.

"출발!"

탕, 하고 신호총 터지는 소리가 울렸다.

선수들은 일제히 호숫가를 향해 달려 나갔다. 옆에 있던 정빈도 빠른 속도로 선두권에 진입했다. 나도 질세라 다리에 힘을 주고 땅을 박찼다. 사람들의 함성 소리가 귓전을 때렸다. 그 와중에도 형의 목소리가 가장 크게 들렸다.

"폐를 풍선처럼 이용해. 팔은 부드럽게 젓고!"

목석처럼 뻣뻣한 탈춤을 추며 형이 소리쳤다.

"긴장하지 말고. 할 수 있어!"

양손에 콜팝을 든 채 손을 흔드는 아버지는 콜라가 어깨를 적시는 것도 모르고 있었다.

"강대한, 화이팅! 바꿈터에 가 있을게."

앞치마를 태극기처럼 펄럭이며 나를 응원하는 엄마를 보니, 이 거 쉽지 않은 레이스가 될 것 같다는 생각이 들었다. 가슴이 터지는 한이 있더라도 오늘 1등은 내가 가져가야 한다. 나는 이를 악물고 호수를 향해 달리기 시작했다.

우레와 같은 환호성을 가르며 나는 사람들 사이를 달려 나갔다. 눈앞으로 드넓은 호수가 펼쳐졌다. 지난 일이 스쳤다. 형과 함께 이 호수를 건너다 물을 왕창 먹었지. 얼마 되지 않은 그때가 왜 까마득하게만 느껴질까. 그것은 바로 지옥과 같았던 훈련 때문이 아닐까. 지금의 나는 그때와는 차원이 다르다. 형 말마따나 완벽한 아이언맨으로 다시 태어났다.

나는 우선 폐를 공기로 빵빵하게 채웠다. 팔은 쭉 뻗고 고개는 어깨 사이로 집어넣었다. 누가 보아도 완벽한 입수 자세를 유지하며 있는 힘껏 물속으로 몸을 던졌다.

풍덩. 거품 같은 물보라가 일며 눈앞이 흐려졌지만 당황하지 않고 물속으로 깊이 잠수해 들어갔다. 금세 시야가 확보되며 물장구를 치는 다른 선수들이 눈에 들어왔다. 몸이 서서히 수면 위로 떠오르자 나는 호흡을 길게 들이마시며 빠르고 유연하게 팔을 저었다.

이번에는 물 같은 거 마시지 않았다. 컨디션도 나쁘지 않고 파란 하늘을 배경으로 한 호수의 모습도 마음에 들었다. 잘하면 오늘 일 내겠는데? 느낌이 좋다. 저 멀리 정빈의 넓은 어깨가 보인다. 기다려라, 최정빈. 혼자 질주하게 놔둘 순 없지. 팔에 힘을 주어 물살을

갈랐다. 은빛 물결을 가르는 인어처럼 나는 빠른 속도로 정빈을
향해 나아갔다.

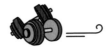

　한 해가 지나고 어느덧 다시 찾아온 봄. 우리 학교는 원칙적으로 고3의 동아리 활동을 보장하고는 있지만, 실상 고3이 되고도 동아리 활동을 하는 사람은 없다. 대부분 수험 생활로 바빠 후배들에게 동아리 회장직을 내주고 일선에서 물러나는 게 관습 아닌 관습이기 때문이다. 그러나 리코더부 재창설의 핵심 주역인 나는 동아리에 계속 남고 싶었다.

　"다들 떠난다는데 너만 남는 건 좀 아니지 않냐?"

　정빈이 사물함에서 운동복을 챙기며 말했다.

　"쿨하게 좀 빠져 줘라."

　"웃기네. 그러는 넌 운동하러 안 올 거야?"

　"올 거야. 그래도 사물함은 비워 줘야지. 우리 동아리는 어떤 동아리랑은 다르게 회원 수가 넘쳐나서 말이야."

정빈은 농담이라고 한 말 같았지만, 나는 재미 하나도 없다고 일갈하며 사물함을 열었다. 나와 동고동락했던 리코더와 악보들이 수북이 쌓여 있었다.

"걱정 마세요. 제가 잘 돌볼게요."

제혁이 웃으며 말했다.

"어디까지나 빌려주는 거야."

새로 들어오는 신입 부원들을 위해 내 리코더들을 제혁에게 맡기기로 했다.

"걱정도 팔자네요. 제혁이 덕분에 동아리 부원이 얼마나 늘었는지 잊었나 봐요?"

낑낑대며 아령을 운반하던 윤서가 말했다. 정빈은 자기가 운반할 테니 너는 힘쓰지 말라며 윤서를 챙겼고 윤서는 까르르 웃으며 얼굴을 붉혔다. 정말 못 봐 주겠군. 나는 혀를 차며 내 리코더를 제혁에게 건네주었다.

제혁은 리코더부를 이끌 새 회장이 되었다. 그동안 리코더부는 꽤 큰 규모의 동아리로 발전했다. 윤서 말대로 리코더부를 키우는데 제혁의 역할이 컸다. 제혁의 리코더 연주 실력은 날이 갈수록 좋아졌다. 작년 가을에는 교육청에서 실시하는 학생 예능대회 독주 부문에 참가해 대상을 받기도 했다.

물론 제혁의 실력이 나를 능가할 정도로 출중한 것은 아니다. 다만 제혁과 나의 차이점이 있다면, 제혁은 나처럼 울렁증이 심하지 않다는 것이다. 제혁은 그 많은 사람이 쳐다보는데도 전혀 떨지 않고 연습한 실력을 120퍼센트 발휘했다. 짜식, 내 수제자답군. 그러나 제혁은 괘씸하게도 언제부터 자기가 내 수제자였느냐며 나의 공로를 인정하려 들지 않았다.

이후 학교에서 개교기념일을 맞이하여 음악제를 개최했고 제혁은 거기서 또 한 번 빛을 발했다. 덕분에 리코더부의 위상이 많이 올랐다. 리코더가 저런 소리를 내느냐며 문의해 오는 학생들도 있었고, 자신은 리코더를 좋아하는데 솔직하게 밝히지 못했다며, 이제는 제대로 해 보고 싶다고 '리코밍아웃'을 하는 아이들도 있었다.

현재 리코더부 회원은 열다섯 명이다. 때문에 우리 부는 더 이상 철인 스포츠부와 한 교실을 쓸 수 없게 됐다. 철인 스포츠부 또한 좀 더 넓은 공간이 있었으면 했고. 그러니까 리코더부와 철인 스포츠부는 시작부터 이렇게 갈라질 운명이었던 거다.

이쯤에서 잠깐. 나와 정빈의 승부는 어떻게 되었느냐고? 그래, 그게 궁금하겠지.

자존심 상하지만, 지난 철인 대회에서 나는 89등이라는 성적을 거두었다. 변명을 하고 싶진 않다. 그날 난 최상의 컨디션이었고 1등 할 자신도 충만했으니까. 그럼에도 불구하고, 안 되는 게 있는 거더라.

반면 정빈은? 될 놈은 된다고 했던가. 정빈은 1등 자리를 당당히

지켜 냈다. 들리는 말로는 결승선에 통과한 정빈이 곧장 윤서에게 달려가 준비해 둔 꽃다발을 바쳤다는데. 참 가지가지 한다는 생각이 들었다. 다행히 난 그때 89등 자리를 놓고 어떤 할아버지와 치열하게 달리기 경쟁하느라 그 꼴을 보지 않을 수 있었다. 여담이지만, 난 할아버지를 간발의 차로 제치고 당당히 89등을 차지할 수 있었다.

얘기가 좀 길어졌지만 결론을 한 줄로 요약하자면, 우리 리코더부는 쫓겨나야 했다. 약속을 했으니 지켜야지. 그래서 우리는 정말로 방을 빼려고 했다. 제혁은 거리 공연이라도 불사하겠다는 의지를 불태웠으니 동아리실 빼는 것쯤은 우리에게 하등 시련이 되지 않는 문제였다.

그런데 일이 좀 묘하게 돌아갔다. 신체만큼이나 중요한 게 정신이라고 했던가. 정빈의 징계가 철인 대회 등수에 영향을 미칠 줄은 몰랐다.

'그해 징계를 받은 학생은 철인3종경기 우승 자격 또한 자동 박탈된다.'

경기 규칙 중 정빈이 뒤집어질 만한 규칙이 떡하니 있었던 것이다.

"너무해! 이런 게 어딨어요!"

윤서는 기가 막혀했고, 나는 웃음을 참으며 속으로 환호성을 질렀다.

"그러니까 사전에 경기 규칙을 제대로 확인했어야지."

내 말에 정빈은 얼굴을 붉히면서도 아무 소리 못했다. 왜냐고?

"인심 썼다. 그냥 같이 써."

그렇게 말하자 정빈의 눈이 휘둥그레졌다. 미운 정도 정이라고 했던가. 등수조차 없는 정빈과 그의 부원들은 당연한 결과지만 길거리에 나앉아야 했다. 그런데 그게 이상하게 마음에 걸렸다. 그래서 그냥 같이 쓰자고 했던 건데⋯⋯.

쫓아낼 걸 그랬다. 정빈과 윤서가 매일같이 붙어 다니며 하하호호 연애하는 모습을 지켜보는 건 고역 중의 고역이었으니까. 뭐, 그것도 금방 무뎌지긴 했다.

철인 스포츠부 부원들 또한 우리 부의 리코더 연주 소리를 들으며 즐거운 연습 시간을 누리는 듯했다. 어디든 음악이 있는 곳에 행복이 있기 마련이니까. 우리 부는 가끔 철인 스포츠부와 함께 밥도 먹고 화분도 같이 키우며 그렇게 적과의 동침 같은 시간을 보냈다. 그러던 가운데 학교는 학생 복지 차원으로 사용하지 않는 교실 두 개를 터서 체력 단련실을 만들기로 했고, 철인 스포츠부가 그 공간을 관리하며 사용하기로 한 것이다.

그리고 오늘은 철인 스포츠부가 이사하는 날이다. 그간 동고동락한 정이 있어 나와 제혁, 그리고 윤서는 철인 스포츠부 이사를 도와주기로 했다.

아령 두 개를 새 교실로 옮기며 정빈에게 물었다.

"상식적으로 이렇게 일 도와주면 밥 정도는 네가 쏴야 하는 거 아니냐?"

"우리 오빠 돈 없어요!"

옆에서 윤서가 눈을 흘겼다.

"에이, 그래도 짜장면 정도는 쏴야죠."

제혁의 말에 정빈이 고개를 끄덕였다.

"알았어. 밥은 내가 쏠게."

정빈이 승낙하자 윤서의 입이 삐죽 나왔다.

"치킨은 어때? 너희 집으로 가자."

정빈이 나를 보며 말했다.

"우리 집?"

"응. 주성이 형한테 고맙다는 얘기도 좀 전하고 싶고."

"고맙다니?"

"아마추어한테 기회를 주셨잖아."

정빈은 그렇게 말하며 얼굴을 붉혔다. 그게 뭐 그리 대단한 거라고 고마워할 것까지야. 그리고 따지고 보면 그 아이디어는 내가 낸 것이다.

덕기 형 아들이 얼마 전 돌잔치를 했다. 그때 나는 돌잔치에 쓸 꽃 장식을 정빈에게 부탁하면 어떻겠냐고 제안했다. 우리 형의 끈질긴 설득에 덕기 형은 마침내 허락했고, 정빈은 정말 자기가 그 귀한 걸 만들어도 되느냐며 감개무량해했다.

"너 요즘도 꽃다발 아르바이트 하냐?"

남몰래 정빈에게 묻자, 정빈은 씨익 미소를 지으며 고개를 끄덕였다. 그게 그렇게 좋을까. 정빈은 고등학교 졸업하면 꽃꽂이 관련 학과로 진학할까 생각 중이라고 했다. 요즘따라 꽃꽂이에 더욱 열정을 불태우는 정빈을 보면 부럽기도 했다. 정말 행복해 보였으니까.

그래서 나 역시 내 재능을 어떻게 살릴까 고민 중이다. 내게 주어진 재능을 십분 발휘할 수 있는 일을 하고 싶다. 때를 잘못 타고 났다고 생각한 적도 있지만 이제는 그런 생각, 하지 않기로 했다. 언젠가 한 번은 기회가 찾아올 거라 믿으며 재능을 더욱 갈고닦을 것이다. 그리고 정 기회가 찾아오지 않으면, 내가 찾아가지 뭐.

그런 의미에서 요즘 열정을 쏟고 있는 일이 있다. 청소년 리코더 합주단에 나가는 것. 그곳에는 나처럼 리코더에 사활을 건 아이가 많다. 외국의 유명한 음대 리코더과에 진학한 합주단 선배를 만난 적도 있다.

"리코더는 정말 멋진 악기야."

리코더를 바라보는 선배의 눈이 반짝반짝 빛났다.

"국내에는 아직 리코더과도 없고 리코더의 진가가 많이 알려져 있지 않지만, 머지않아 주목받을 날이 올 거야."

선배는 언젠가는 예술의전당에서 오케스트라와 협연하고 말겠다는 포부도 밝혔다. 선배의 말을 듣는 내내 가슴이 뛰었다.

'나도 리코디스트가 되어 리코더의 매력을 알리고 세계적인 무

대에 서고 싶다.'

그런 열망으로 가슴이 부풀었다.

"꼭 그럴 수 있을 거야."

선배가 해 준 응원은 아직도 가슴에 남아 리코더에 대한 열정으로 타올랐다.

아, 내 식스팩은 어떻게 됐냐고? 철인 대회가 끝난 후에도 운동을 게을리 하지 않은 덕분에 식스팩은 이제 꽤 선명하다. 아직 정빈의 식스팩을 쫓아가려면 한참 멀었지만 그래도 목욕탕에서 자신 있게 옷 벗을 정도는 되었다. '타도 최정빈'을 외치며 단련하고 있으니 언젠가는 식스팩으로 정빈을 압도할 날이 올 것이다.

정리를 끝낸 동아리실을 둘러보고 나오려 할 때였다.

"저기……."

단발머리를 한 여학생이 얼굴을 내밀었다. 모두의 시선이 자신에게 쏠리자 아이가 얼굴을 붉혔다. 제혁은 누군지 아는 듯했다.

"저 아이……."

제혁이 말을 얼버무리기에 귓속말로 물었다.

"왜?"

"저번에 리코더부 오디션 봤다가 떨어졌거든요."

"떨어졌다고? 네가 떨어뜨렸어? 부원 많아졌다고 탈락도 시키는 거야?"

"아, 그게……."

제혁이 난처한 얼굴로 말했다.

"리코더를 정말 하나도 못 불어요. 게다가 박자 감각까지 제로여서."

철인 스포츠부의 새로 뽑힌 회장 역시 여학생을 아는 듯했다.

"왔어?"

회장은 정빈에게 여학생을 소개했다.

"중학교 때까지 육상 했다던 그 후배예요. 우리 부 들라고 하니까 이제 육상 접었다면서 안 하겠다고 했거든요. 마음 바뀐 거야?"

여학생은 천천히 고개를 끄덕이며 입을 열었다.

"……그런데 운동기구가 하나도 없네요?"

"아, 오늘 이사했지. 본관 1층에 체력 단련실 새로 만들었잖아. 이제 거기가 우리 동아리실이야."

그 말에 아이의 낯빛이 어두워졌다.

"그럼 이제 리코더부랑 한 교실 못 쓰는 거예요?"

여학생의 물음에 윤서가 나섰다.

"응. 그게 무슨 문제라도……."

그러자 여자아이의 눈동자가 심하게 흔들렸다. 일순 아이의 시선이 나를 향했다.

"대한 선배……."

그러더니 얼굴을 확 붉히며 도망치듯 달아나 버렸다.

"무슨 일이래?"

윤서는 황당하다는 얼굴로 나를 보았다. 안절부절못하던 제혁이 그제야 입을 열었다.

"저 아이, 사실 대한이 형 때문에 리코더부에 들어오겠다고……."

다들 깜짝 놀란 눈으로 나를 바라보았다.

"선배, 어떻게 된 거예요?"

윤서가 펄쩍 뛰며 물었다. 나는 어리둥절해서 고개를 저었다.

"나도 잘 몰라."

다들 이 상황을 어떻게 받아들여야 할지 몰라 서로 바라보기만 했다.

"말도 안 돼. 완전 기적이야. 이건 마치, 이건 마치……."

윤서는 잔뜩 흥분한 목소리로 말을 이었다.

"빅뱅과 같은 확률이야."

그놈의 빅뱅 타령. 툭하면 우주 뭐시기에 갖다 붙이는 저 버릇, 아마 윤서는 못 고칠 것이다.

그런데…… 빅뱅 하니까 문득 떠오르는 장면이 하나 있네. 오래전 별똥별이 비처럼 쏟아지던 날, 나는 하늘을 올려다보며 어떤 소원을 하나 빌었지.

'여자 친구 생기게 해 주세요.'

그 소원이 이제 와서야 이루어지는 걸까? 에이, 그럴 리가. 그런데 이상하게도 아까 그 아이가 다시 보고 싶다. 날 좋아한다고? 말도 안 되는 일이 벌어졌다. 이걸 어떻게 받아들여야 할까? 설마, 나에게도 사랑의 때가 찾아온 건 아닌지. 아니, 이건 좀 오버다. 아직 그 아이, 어떤 사람인지도 모르는데. 그래도…… 서로 알아 가는 시간을 가질 수는 있잖아. 누군가 날 좋아해 준다는 게 이런 기분이구나. 나쁘지 않다.

빅뱅과 같은 확률을 들먹이는 윤서의 말이 맞을지도 모른다. 어쩌면 사랑도 인생도 재능도 다 그런 것일지 모른다. 우연처럼 일어났지만 결국은 운명이 되어 버린 이 푸른 행성처럼, 나에게 벌어진 모든 우연을 이제는 있는 그대로, 운명으로 받아들이려 한다.

"인기의 비결이 뭐라고 생각해요?"

윤서가 짓궂게 웃으며 물었다.

"글쎄……."

진짜. 왜 날 좋아하지? 딱히 생각나는 이유는 없다. 그저 웃음이 계속 새어 나올 뿐이다. 창문 너머에서 쏟아지는 봄 햇살이 왜 이리 따스하게만 느껴질까. 끝나지 않는 겨울인 줄 알았는데, 마침내 정말 봄이다.

문득 한 가지 이유가 될 만한 게 떠올랐다.

"아, 하나 있다."

"뭔데요?"

다들 날 쳐다보았다.

"그건 말이지……."

나를 바라보는 아이들의 시선이 싫지 않았다. 잠시 뜸을 들이다 대답했다.

"식스팩."

리코더? 초등학생이나 부는 악기 아니야?

그렇게 생각하시는 분들이 있을 거라 본다. 나 또한 그랬으니까. 초등학교 때 리코더를 분 기억은 있어도, 중고등학교 올라가서는 다른 악기를 더 많이 접했던 것 같다. 그런 내가 대학에 진학하고 리코더를 주야장천 불어야 했으니, 바로 교육대학교에 들어갔기 때문이다.

교대를 다닌다고 다 그래야 했던 것은 아니다. 부전공으로 음악 교육을 선택했는데, 리코더 관련 강의가 많았다. 개인 독주는 물론 클래식 4중주까지 연습하느라 꽤 많은 시간을 리코더 부는 데 할애했다. 그러다 보니 자연스럽게 리코더에 관심을 갖게 된 것 같다.

한때 우리 과에서는 "대학생 되면 가방에 전공 서적 넣고 다닐 줄 알았는데, 리코더를 꽂고 다니다니!"라는 우스갯소리가 돌았다. 만약 리코더가 아니라 좀 더 그럴듯한 악기였다면 달랐을까. 그러고 보면 당시 과 동기의 마음에도 '리코더는 학령기 어린이의 교육용 악기'라는 인식이 있었는지도 모른다.

물론 시간이 지나서 그런 생각은 사라졌다. 그때 우리는 졸업을 앞두고 연주회를 열었는데, 더러 리코더를 독주 악기로 선택하는 동기생도 있었다. 멋진 리코더 연주를 한 번이라도 경험한다면, 리코더에 대한 편견은 싹 사라지리라. 누가 어떻게 다루느냐에 따라 리코더는 최고의 악기가 되기도 하고 어설픈 교육용 악기가 되기도 한다.

『식스팩』의 주인공 '대한'은 리코더를 대하는 태도가 남다르다. 반면 주변에서 바라보는 시선은 그렇지가 않다. 내가 소중히 여기는 것이 다른 누군가에게 천대받는다고 생각해 보라. 꽤나 가슴 아플 것이다. 아니, 화가 날지도 모른다. 잘 알지도 못하면서 함부로 떠들지 말라고 쏘아 주고 싶을지도. 그러나 또 한편으로는 '그런가. 내가 가진 게 실은 보잘것없는 건가' 하고 낙담할지도 모르겠다.

세상에는 유행이라는 것이 있지 않은가. 요즘 말하는 '인싸', '아싸'도 얼마나 유행에 뒤처지지 않느냐를 두고 판가름하는 것 같다. 어린 학생 사이에서도 '인싸템'이 인기다. 최신 유행곡은 모두 섭

렴해야 하고 남들이 쓰는 틴트, 스티커, 학용품 등은 꼭 사야 한다.

이런 상황에서 개성을 추구하기란 쉽지 않다. 특히나 좀 뒤처지거나 쓸데없이 튀거나 볼품없어 보이는 것을 사랑한다면 더욱. 그래서 속내를 숨긴 채 인싸인 척, 주류인 척해 보지만 그게 어디 쉬우랴. 아무리 '척'해 봤자 그건 진짜 '내'가 아닌데. 게다가 대한이처럼 남다른 출생의 비밀(?)까지 지니고 있다면? 아웃 오브 안중 그야말로 아싸 중의 아싸가 될 게 뻔하다.

그럼에도 나는 나를 사랑할 수 있을까. 내 개성을 존중하고 스스로 당당해질 수 있을까. 참 어려운 문제다. 어른인 나도 쉽지 않은데 질풍노도의 시기를 건너는 친구들은 더욱 그럴 것 같다. 우리 모두 알지 않은가. 학교가 얼마나 유행에 민감한 곳인지.

위로하고 싶다. 지금도 분투하고 있을 당신을. 인정받지 못하고 주류가 되지 못한, 그러나 너무나 사랑하는 그 무언가를 가지고 있는 그대를. 아무도 인정해 주지 않고, 모두가 모난 눈으로 바라보더라도 주눅 들지 말자. 그대는 스스로의 길을 훌륭히 걸어가고 있으니 조금만 참고 견디자. 분명 겨울은 가고 봄이 오리라. 그걸 어떻게 아냐고? 실은 나도 모른다. 다만 이런 말을 할 수 있는 것은 나 또한 그런 길을 걷고자 하기 때문이다. 세상 여기저기엔 이런저런 아싸가 많으니, 당신만 그런 것은 아니라고 말해 주고 싶다.

글 쓰는 시간은 물론 행복하지만 어려움도 적지 않다. 갈피 못 잡는 글을, 인물들을 붙들고 방황했다. 그러는 가운데 고민도 많이 하고 주변도 둘러보게 되었으니 결과적으로는 득인 셈이지만 쓸 때는 정말 힘들었다. 그럴 때마다 격려해 준 첫 번째 독자에게 고맙고 사랑한다 말하고 싶다. 그녀의 지지가 있었기에 꾸준히 쓸 수 있었다. 심사위원께도 감사드린다. 부족한 글을 좋게 봐 주셔서 얼마나 영광인지 모른다. 그리고 정은영 대표님을 비롯한 자음과모음 식구들, 특히 최성휘 차장님과 김정택 편집자님께도 감사 인사를 전한다. 두 분의 도움 덕분에 『식스팩』이 더욱 단단해졌다.

마지막으로 이 글을 읽는 모든 분께. 만에 하나 『식스팩』의 어느 문장이 상처로 다가왔다면, 용서하시라. 작가의 무지 때문이니 더욱 정진하여 좋은 글로 보답하겠다. 무엇보다 이 글이 당신 마음에 가닿기를. 재미든 위로든 웃음이나 또는 감동이든 그 어떤 식으로라도 당신에게 남기를. 간절히 바라 본다.

식스팩

© 이재문, 2020

초판 1쇄 발행일 | 2020년 3월 12일
초판 10쇄 발행일 | 2024년 4월 30일

지은이 | 이재문
펴낸이 | 정은영

펴낸곳 | (주)자음과모음
출판등록 | 2001년 11월 28일 제2001-000259호
주　　소 | 10881 경기도 파주시 회동길 325-20
전　　화 | 편집부 (02)324-2347, 경영지원부 (02)325-6047
팩　　스 | 편집부 (02)324-2348, 경영지원부 (02)2648-1311
E-mail | jamoteen@jamobook.com

ISBN 978-89-544-4233-6(43810)